오늘도 중심을 잡는 중입니다

글·그림 박선영

오늘도 중심을 잡는 중입니다

원도 인생도
중요한 건 중심이니까

휘청이고 흔들려도
나만의 중심을 찾아서

필름

함께 들으면 좋은 OST

융진 - 걷는 마음

✦ 프롤로그 ✦

저는 감정 표현에 서툴렀고, 늘 타인의 시선과 말에 휘청였습니다. 이리저리 흔들리는 마음은 제 안에 쌓여 스스로를 괴롭혔고, 제 안에 든 많은 감정들을 한마디의 말로 꺼낸다는 게 쉽지 않았습니다. 그런 제 마음을 표현할 수 있는 건 글과 그림이었습니다. 말로 전할 수 없는 감정을 그림은 모두 담아 주었으니까요.

관계와 일상에 지쳐 스스로가 초라하게 느껴질 때마다 그림은 제게 위로가 되어 주었습니다. 스스로를 위로하는 게 익숙하지 않았던 저는, 제가 할 수 있는 서툰 그림으로 저를 위로했습니다.

작은 위로들을 쌓아 가며 힘든 터널을 지나왔고, 여전히 '나만의 중심'을 잡기 위해 나아가는 중입니다. 제가 스스로를 위로하며 다독였던 글과 그림이 저와 같이 온전히 자신의 중심을 잡기 위해 오늘을 살아가는 당신에게도 위로가 되었으면 좋겠습니다.

그렇게 불안해하지 않아도 된다고.
당신은 소중한 존재라고.
정말 잘하고 있다고.

Contents

∘ PART 2 ∘

내일은 오늘보다 더 나은 우리가

∘ PART 3 ∘

잊지 마, 네가 가장 소중하다는 걸

◦ PART 4 ◦

오늘도 중심을 잡는 중입니다

◦ PART 1 ◦

하고 싶은 대로
해도 괜찮아

필요함의 무게

집을 나서며 그날 필요한 물건을 꼼꼼하게 챙긴다. 시간이 남으면 쓰게 될 아이패드, 간단한 메모를 할 때 필요한 다이어리와 필기도구, 지하철 안에서 심심할 때 읽을 책….

'만약에'를 생각하면 챙겨야 할 것들이 점점 늘어난다. 그렇게 빵빵하게 가득 찬 가방을 등에 짊어지자 어깨가 묵직해진다. 필요하다고 생각하여 무겁게 지고 나간 짐 중에는 집에 돌아올 때까지 한 번도 꺼내지 않게 되는 것도 있다.

인생에서도 이와 같은 행동을 반복하고 있는지 모른다. '만약에'로 시작하는 걱정은 꼬리에 꼬리를 물고, 수많은 걱정의 짐을 머릿속에 얹는다. 생각을 줄이고, 걱정을 줄이라지만 그중 정말 줄여야 할 것은 없어 보인다.

내가 했던 걱정 중 실질적으로 중요했던 것이 무엇인지는 시간이 지나면서 알게 된다. 하지만 그 걱정의 시간을 후회하거나 덜어 내고 싶지 않다. 필요하다고 생각했던 걱정의 무게 덕분에 그것을 생각조차 하지 않고 지나갈 때 느꼈을 불안함의 무게를 덜 수 있었다.

누군가는 묻는다. 그렇게 무거운 짐을 다 지고 갈 필요가 있냐고. 그런 그들에게 대답해 주고 싶다. 모든 건 선택이라고.

필요함의 무게를 질 건지,
불안함의 무게를 질 건지.

무거우면 내려놓고,
두렵다면 짊어지자.

결국 모든 건
내가 선택하는 것.

무의미한 경주

SNS 속 화려한 일상을 누리며 행복해 보이는 사람들, 운동으로 다져진 멋진 몸매와 외모를 가진 사람들을 보고 있노라면, '저 사람들은 저렇게 잘하는 것도 많고, 행복해 보이는데, 도대체 나는 잘하는 게 뭘까?' 싶은 생각에 괴로워지곤 한다. 작은 핸드폰 액정 속에 담긴 모르는 타인의 화려한 일상을 보다가 문득 더 크게 다가오는 나의 초라함이 싫어진다.

비교가 옳지 않다는 것을 알면서도 자꾸만 보게 되는 기계 속 너머 다른 이의 삶. 결국 끊임없는 비교는 나를 빠져나올 수 없는 자기 비하의 수렁으로 끌어 내린다. 자기 비하는 상대에 대한 부러움과 질투라는 감정으로 변하고, 질투는 나의 무능에 대한 불안으로 표출된다.

우리는 때때로 남의 능력을 부러워하고 시기한다. 그 시기심은 일상을 열심히 달려야 할 원동력이 되어 주기도 하지만, 대부분 나의 자존감을 갉아먹고 남보다 뒤처지지 않기 위해 경쟁하게 만든다. 어느 순간 그 경주를 왜 하고 있는지조차 물을 시간도 없이 달리고 또 달린다.

'근데 나, 왜 달리고 있는 거지?'

한참을 달리고 나서야 깨닫고 만다. 딱히 커다란 이유 따위는 없었음을. 그저 모두가 달리니까 나 역시 달렸을 뿐. 그렇게 몇 번의 무의미한 경주를 하고 나서야 깨달았다. 이건 내가 하고 싶은 것도, 잘하는 것도 아니라는 것을. 그리고 모든 경주에서 이길 수 있는 사람은 존재하지 않음을.

나는 내 속도로, 내가 잘하는, 하고 싶은 일을 하

면 된다. 결국 내게 맞는 속도를 알고 유지하는 것이 중요하다.

내가 잘하는 것을 하기 위해 오늘은 핸드폰을 잠시 내려놓았다.

잘하는 것을 하기 위해 잠시 멈추는 것.
멈춤을 통해 현재를 살피는 것.
그것부터가 내가 잘하는 걸 찾을 수 있는
시작임을 깨닫는다.

내게 맞는 속도를
알고 유지하는 것이
지금 내게 필요한 일.

버릇없는 어른

어릴 적, 어른들에게 말대답을 하면 '버릇없다'는 소리를 들었다.

어른들은 밤이 늦도록 TV를 보면서, 나는 어려서 얼른 잠을 자야 한다고 했다. 어린 사람은 어른들이 말할 때 끼어들거나 말대답을 하면 안 된다고 했다. 납득이 가지 않는 명령 체계였다.

이에 대해 '말이 안 된다'고 반문하면 '말대답을 한다'는 둥, '버릇없다'는 둥 혼나곤 했다.

그렇게 조금씩 묻는 것을 멈추며 살았다. 어른이 되면 어릴 때 이해할 수 없었던 모든 것들을 이해할 수 있을 거라고 생각했다.

하지만 학교를 졸업하고, 직장에 취업을 하고 만난 건 또 다른 어른이었다.

묻지 말고 따르는 게 예의 바름으로 정의되는 일상. 결국 예의 바름을 따르기 위해서는 내 안에 든 말을 꺼내지 말아야 하는 것이었다.

논리성 없는 하달식 명령에 복종하는 게 예의 바른 거라면, 나는 계속해서 버릇없는 어른으로 살아가고 싶다.

나는 계속해서
버릇없는 어른으로
살아가야지.

선택은 내 몫!
책임도 내 몫!

우리는 매일 눈을 뜬 순간부터 '선택'이라는 기로에 놓인다. 알람 소리에 잠에서 깰 것인지, 조금 더 눈을 붙이고 회사에 지각을 할 것인지. 눈앞에 놓인 달콤한 음식을 맘껏 먹을 것인지, 식탐을 줄이고 건강한 몸을 유지할 것인지. 또 나를 힘들게 하는 동료에게 한마디하고 껄끄러움을 택할 것인지, 하고 싶은 말을 꾹 참고 홀로 견딜 것인지.

선택의 결과가 나오면, 종종 택하지 않은 선택지를 바라보며 후회를 하고는 했다.

'그때 그러지 말걸.'
'아, 이렇게 말했으면 더 좋았을걸.'

선택의 순간이 지나고 나면 최선의 선택지가 보인다. 왜 그때는 생각해 내지 못한 것인지, 과거의 나에 대한 자책이 자꾸만 후회하게 만든다. 하지만, 이내 깨닫는 건 후회는 한 박자 늦게 내뱉는 뒤늦은 추임새 같은 거라는 사실이다. 결과를 알고 난 뒤, 그게 최선의 선택지였다고 말하는 쓸모없는 추임새 같은 거다.

어쩌면 가보지 않은 길에 대한 미련이 만들어 낸 환상 같은 거랄까. 환상에서 깨기 위해, 그 당시로서는 최선의 선택을 했던 나 자신을 자책하지 않기 위해 후회를 예방하는 한마디를 책상 위에 붙여 놓는다.

"나의 선택은 그 순간 내가 최선이라고 생각한 것. 선택은 내 몫! 책임도 내 몫! 잊지 말자!"

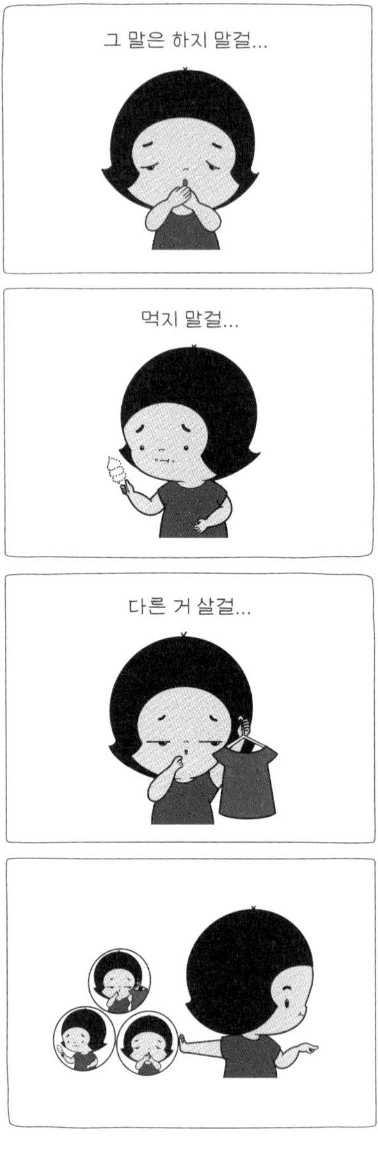
그 말은 하지 말걸...
먹지 말걸...
다른 거 살걸...

모든 선택은
내가 한 것.
그러니 후회 따윈
저리 비켜!

선의의 거짓말

너무 힘이 들어 견디기 힘들었던 날, 엄마에게 전화가 걸려 왔다.

"밥은 잘 챙겨 먹고 다니지? 어디 아픈 곳은 없고?"
"걱정하지 마세요. 잘 지내고 있어요. 엄마도 건강 잘 챙기고, 아프지 말고."

마음은 힘든 하루였지만, 차마 엄마에게 힘들다는 말을 할 수가 없었다. 나의 힘듦에 더 아파할 소중한 사람이기 때문이다.

어쩌면 어른이 된다는 건 소중한 사람이 나로 인해 불안하거나 아파하지 않도록 가끔 선의의 거짓말을 내뱉게 되는 것.

어른이 된다는 건…

조용한 도전

우연히 출근길에 마주친 민들레. 작고 여린 풀이 차갑고 단단한 벽을 뚫고 나온 게 마냥 신기했다. 늘 오고 가는 길이었지만, 이 강한 정신력의 생명체를 발견한 건 얼마 되지 않았다. 눈에 띄지 않을 만큼의 느린 속도지만 멈추지 않고 벽을 타고 올랐을 작은 생명체를 떠올리니 마음이 먹먹해졌다. 그날 이후 나는 하루하루 민들레의 성장을 지켜보았다. 그렇게 며칠 뒤, 이내 민들레는 예쁜 꽃을 피워 냈다.

우리의 인생에도 차가운 벽처럼 단단해 보이는 장애물이 존재한다. 그 장애물을 보고 있노라면, 결코 넘을 수 없는 벽이라는 생각이 든다. 하지만 조금씩, 느리지만 꾸준히 타고 오른다면 결국 넘을 수 있지 않을까. 실은 도전에 따른 실패보다 그 도전을 위해 쏟아야 할 길고 지루한 시간들이 두렵기 때문에 머뭇거리고 있는 건 아닐까.

조용한 도전을 시작해 보자. 누구도 눈여겨 바라봐주지 않아도, 묵묵히 하루하루를 쌓아가다 보면 어느 순간 잎이 자라고 꽃이 피는 걸 볼 수 있을 테니까.

결국 시간과 노력이
쌓여야 활짝
피어나는 법.

따뜻한 착각

나는 사람들의 마음을 잘 살피는 편이다. 한편으로는 눈치가 빠르다고 할 수 있고, 배려가 넘친다고 할 수 있다. 그로 인해 인간관계에서도 나보다는 상대가 원하는 것을 먼저 생각하곤 했다. 친구의 표정이 어두운 날에는 친구의 기분을 살피며 배려했고, 직장에서 업무를 나눌 때에도 누군가 더 일을 해야 한다면 내가 하기를 선택했다. 그렇게 작은 배려들을 통해 마음을 쓰며 스스로 뿌듯했다. 이런 내 마음을 상대가 헤아려 줄 거라고 생각했고, 그 안에는 그 헤아림을 통해 인정받고 싶은 욕구가 가득했다.

하지만 상대에게 여러 번 배려를 건넸음에도 돌아오는 배려가 없을 때면, 마음속에 겹겹이 서운함이 쌓이기 시작했다. 어떤 날에는 쌓인 서운함이 차고 넘쳐 감정 둑이 무너지기도 했다. 내가 힘든 날임에도 나의 기분 따위는 신경 쓰지 않는 친구를 보며, "네가 힘들 때 내가 배려했었던 거 기억 안 나?"라고 따졌고, 업무적 배려가 없는 업무 분담에서는 "제가 지난번에 자원해서 업무를 더 맡았는데, 이번에는 배려를 해 주셔야죠?"라고 따져 물었다.

터진 감정을 꺼내 놓고서야 알게 된 건, 상대는 내가 배려라고 생각하며 건넸던 호의에 별 생각이 없었다는 거다. 오히려 화가 난 내 모습에 상대는 당황해했고, 그랬었느냐고, 그런 줄 몰랐었다는 말만 되돌아왔다.

상대는 나에게 배려해 달라고 부탁한 적이 없다. 바라지 않은 걸 준 건 나였다. 그리고 대가 없이 건넸다고 했지만, 나는 상대방에게 인정받길 원했고, 내가 배려한 것처럼 상대도 나를 배려해 줄 것이라 기대하고 있었다.

그건 배려가 아니라 대가를 바라고 건넨 거래였다. 거래는 말없이 건네는 것이 아니다. 서로가 서로에게 득이 되는 것을 말하고, 그에 따른 거래 조건을 말하는 것이 맞다. 하지만 난 그렇게 하지 않았다. 숨겨진 의도를 가지고 접근했기에 상대는 알지 못했고, 그 의도를 알고 난 뒤에는 나의 의도된 행동에 더 당황스러워했다.

상대를 위해 한 것이라면 대가를 바라지 말자. 그걸 배려라고 생각하는 건 나만의 따뜻한 착각일 뿐이니까.

인정받고 싶은 무언가가 있다면, 지금 내가 하고 있는 거래의 조건을 정확하게 말하자.

배려와 거래는 서로 다른 거니까.

배려와 거래는
다른 거니까.

각자의 만족

연말이 되면 자주 가는 카페에서 다이어리 증정 행사를 한다. 총 17잔의 음료를 마시면, 다이어리를 주는 이벤트다. 다이어리에 대한 사람들의 열기가 뜨거워지면 나 역시 다이어리를 받아야겠다는 생각이 머릿속을 채운다. 그래서 나도 매일매일 카페로 출근 도장을 찍으며 17잔의 음료를 마셨고, 드디어 다이어리를 받았다.

하지만 한 해의 반절이 넘어가는 시점에도, 카페에서 받은 다이어리는 책장에 그대로 꽂혀 있다. 오히려 문구점에서 좀 더 기록하기 편리한 내 스타일에 맞는 다이어리를 새로 구입해 지금까지 잘 사용하고 있다. 결과적으로 17잔의 음료를 마시며 받은 그 다이어리는 나에게 필요한 게 아니었던 거다. 그럼에도 사람들이 달려들면 나도 달려들어 갖고 싶은 욕심이 난다. 말 그대로 욕심인 것이다. 필요가 아닌 욕심.

필요한 것이 모두에게 같을 수는 없다. 카페에서 받은 다이어리가 누군가에게는 요긴하게 쓰일 수 있지만 내게는 그렇지 않았다.

모두가 몰려갈 때
잠시 정지 버튼을 누르고,
달리는 이유를 바라볼 수 있는 멈춤이 필요하다.

내게 맞는 옷,
내게 맞는 자리,
내게 맞는 취미,
내게 맞는 목표는
사람마다 모두 다른 것이다.

나의 행복과 만족의 범위를 알고,

나의 자리에서 내게 맞는 적절한
목표와 즐거움을 찾는 것이 중요하다.

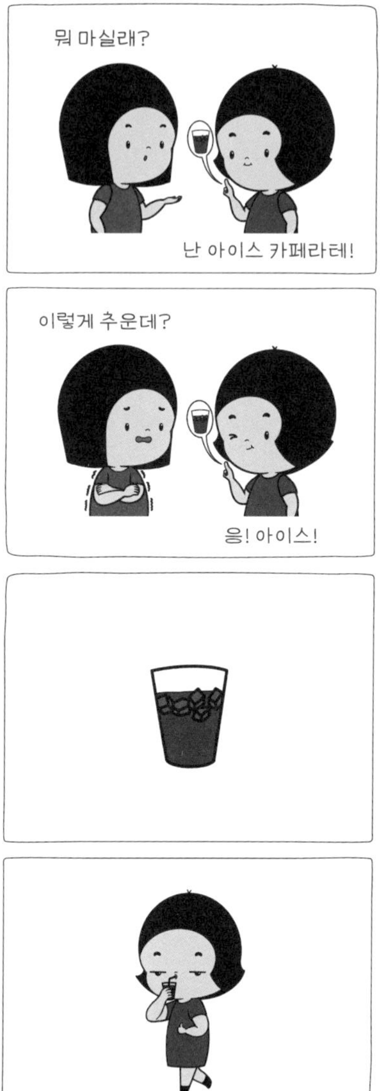
뭐 마실래?
난 아이스 카페라테!
이렇게 추운데?
응! 아이스!

남들이 좋다는 것
말고
내가 좋아하는 것!

별일인지 아닌지

"별일 아니네. 뭐, 그 정도 가지고 그래. 나는 그것보다 더 힘든 일도 있었어."

일상에서 힘들었던 일을 친구에게 이야기하는데, 친구의 첫 반응이 '별일 아니네'였다. 순간 나의 고민이 별 볼 일 없는 것처럼 하찮게 느껴진다. 힘듦의 경중을 따지려는 것이 아니라 힘들다는 말을 한 거였는데, 친구의 말처럼 별일 아닌 걸로 엄살을 부리는 사람이 된 기분이다.

"나한테는 별일인데. 난 너무 힘들었다고."

상대방의 기분 따위 안중에도 없는 친구에게 내게는 별일이라고 말해 주었다. 순간, 잠깐의 정적이 흐르고 차가운 공기를 느낀 친구는 멋쩍은 미소를 짓고는 얼른 다음 이야기로 넘어갔다.

세상에 별일 아닌 일이 어디 있겠는가. 스스로가 힘들다고 느낀다면, 그 순간 나는 세상에서 가장 힘든 사람이다. 그렇기에 힘들다고 말해도 되고, 아프다고 말해도 된다. 혹 그 말을 들은 사람이 나의 슬픔에 대해 별것 아니라고 말한다면 그건 주관적인 영역임을 인지시켜 주면 된다. 주관적인 영역의 힘듦을 상대에게 설명하고 설득시킬 수는 없다. 단지 상대가 나의 힘듦을 평가하지 않게 나의 영역에서 그 일은 힘들다고 정의 내렸음을 정확하게 짚어주면 되는 것이다.

지금 힘든 일이 있는가? 힘들다면 온전히 아파하고 슬퍼하자. 내가 생각한 그 자체로 나는 나를 위로하면 되는 것이다. 감정은 막아 두는 것이 아니라 흘려보낼 때, 깨끗하게 그 감정에서 벗어날 수 있다.

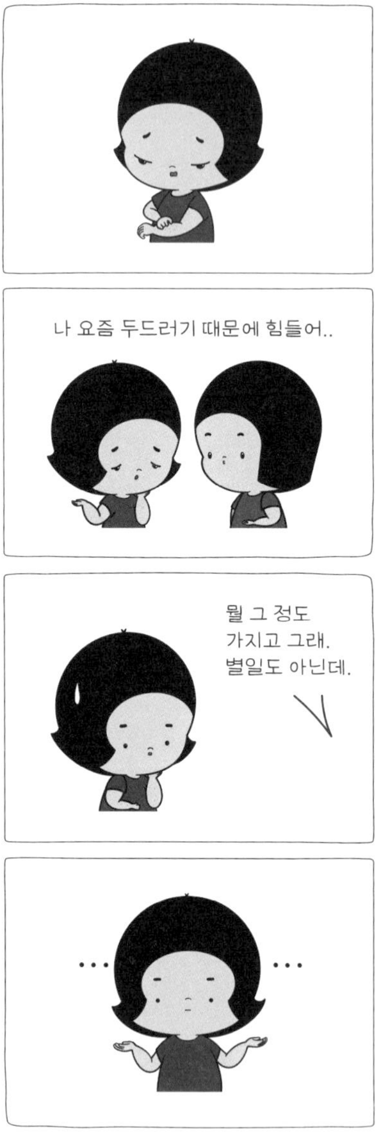
나 요즘 두드러기 때문에 힘들어..
뭘 그 정도 가지고 그래. 별일도 아닌데.
...
...

별일인지 아닌지
그건 내가
결정하는 것.

변화를 받아들이는 자세

"너 조금 변한 것 같아."

"그게 무슨 뜻이야?"

친구의 말에 나도 모르게 반감 섞인 물음이 나왔다. 나의 말에 친구는 당황하며, 예전보다 솔직해진 감정 표현에 대한 긍정적 변화를 말한 거라고 했다. 친구의 말을 듣고서야 요동쳤던 마음은 고요함을 찾았다. 변했다는 말에 요동쳤던 감정을 바라보며, 내 안에 변화는 나쁜 것이라는 이미지가 잠재되어 있었음을 깨달았다. 친구의 변했다는 말이 마치, 자주 가던 음식점에서 음식 맛이 변했다고 말하는 것처럼, 내가 초심을 잃고 변했다는 것처럼 부정적이게 들렸던 것이다.

‘변함’을 인정하고 싶지 않지만, 나이가 들며 사람은 변할 수밖에 없음을 깨닫는다. 다양한 사람을 만나고, 그 만남 속에서 수많은 경험을 한다. 나 역시, 직장 생활을 시작하며 고향을 떠나 여러 도시에서 생활하게 되었다. 다양한 인간관계와 예상하지 못했던 일상을 경험하며, 이해할 수 없었던 것을 이해하게 되고 납득할 수 없었던 것을 받아들이게 되었다. 마음속으로 비난했던 사람이 내 자신이 되어 있었고, 부끄럽다고 생각했던 것들을 아무렇지 않게 하고 있었다. 경험은 가랑비에 옷이 젖듯 서서히 내게 젖어 들어 나를 바꾸고 있었다.

변했다는 게 부끄러운 건 아니다.
사람은 변한다.
살아가며 겪는 수많은 경험 속에서
생각이 바뀌고, 행동이 바뀌고, 습관이 바뀐다.

그렇게 변한 자기 자신이 스스로에게 만족스러우면 되는 것이다.

"맞아, 난 변했어. 앞으로도 더 변할 것 같아. 그런 내가 좋아."

이 말이 아무렇지 않게 나오는 그날을 꿈꾸며, 오늘도 나를 변화시키는 새로운 경험을 추억이라는 이름으로 쌓아가며, 변했다는 말들에 조금씩 익숙해지려고 한다.

계속해서 변화해도
결국 본질은 변하지
않으니까.

기억의 지우개

하교 후, 두 아이가 교실로 찾아왔다. 씩씩거리는 표정으로 보아 크게 한바탕 싸우고는, 누가 더 옳은지를 따져 달라는 거다. 싸우게 된 이유를 말하며 한 아이의 눈가에 눈물이 흐르기 시작한다. 다른 아이도 이내 눈물을 흘린다. 씩씩거리던 표정은 세상 억울한 누명을 쓴 사람처럼 변해 있었다. 둘은 자신의 억울함을 말하며 다시는 안 볼 사이처럼 서로를 헐뜯었다. 결국 오랜 시간 동안 이야기한 끝에 둘은 온전한 마음 풀이는 아니지만 화해 비슷한 것을 하고 집으로 돌아갔다.

다음 날 하교 후 두 아이가 운동장에서 공을 차며 놀고 있는 것을 보았다. 세상 누구보다도 친해 보였다. 그 모습이 신기하기도 하고 의아하기도 해서

다가가 둘을 불렀다. 이제 다 화해한 거냐고 묻자, 왜 그런 걸 묻느냐는 표정으로 "그럼요, 이제 다 화해했어요."라며 씩 웃는다. 어제의 일은 마치 꿈속에서나 있었던 일인 것처럼 아무렇지 않아 보였다.

아이들의 모습을 보며 드라마 〈훈남정음〉 속의 한 대사가 머릿속을 스친다.

"그거 알아요? 나비는 처음부터 자기가 애벌레가 아니라 작은 나비였다고 생각한다는 거. 애벌레였다는 걸 기억하면, 나비가 되어서도 절대 날지 않는대요. 무서워서. 그래서 신은 나비에게 망각이라는 선물을 줬고, 결국 훨훨 날 수 있는 용기를 갖게 되는 거죠. 그러니까 잊어야 돼요, 슬픈 추억은. 나비가 되기 위해 애벌레의 기억은 잊는 것처럼."

나비가 훨훨 날 수 있기 위해 나쁜 기억을 잊는 것처럼 아이들은 지금의 순간을 위해 지난 기억을 잘 지운다. 어쩌면 지운다는 것은 어른의 표현일 수 있다. 아이들은 그냥 흘려보낸다. 그것에 큰 의미를 두지 않기 때문이다.

친구와 또는 지인과의 말다툼이 생겼을 때, 과거의 실수들까지 끌어다가 다툼을 이기려 했던 스스로가 부끄러워진다. 흘려보내야 하는 것은 흘려보내자. 아이들이 공차기를 통해 서로의 나쁜 기억을 소중한 추억으로 바꿔 가는 것처럼, 지난 것은 차 버리고, 좋고 행복한 기억들을 하나씩 담아 보자.

슬픈 기억을
지워 내야
좋은 기억을 담을 수
있는 법.

지치면 쉬는 거야

한 남자가 뛰기 시작했다. 남자는 미국 전역을 돌며 달리기를 이어 갔다. 사람들은 그가 왜 뛰고 있는지 궁금해하기 시작했다. 그가 아무 이유 없이 뛴다고 말했지만, 사람들은 믿지 않았다. 그런 그를 따르는 추종자들도 하나둘 생겨나기 시작했다. 수많은 사람들과 함께 달리기를 이어간 지 3년 2개월 14일 16시간이 되었을 때, 남자는 갑자기 달리기를 멈추었다. 그리고 지금까지 이어 왔던 달리기의 종결을 알렸다.

"난 많이 지쳤어요. 이제 집에 가야겠어요."

영화 〈포레스트 검프〉에서 주인공 포레스트 검프는 어느 날 아무런 이유 없이 '뛰기'를 결심한다. 그의 달리기에 이런저런 이유를 갖다 댄 것은 그의 달리기를 지켜본 주변 사람들의 추측일 뿐이었다. 그리고 그는 '지쳤다'는 이유 하나로 달리기를 마친다.

시작의 이유도 끝마침의 이유도 참 싱겁다. 그런데 그런 싱거움이 왠지 모르게 끌린다. 온갖 조미료를 부어 만든 음식들과는 다른, 재료 고유의 맛을 살린 음식을 마주한 기분이다.

그러고 보면 세상에는
특별하지 않아도 되는 것들이 많다.
배고프면 먹고, 졸리면 자고, 힘들면 쉬는 것.

다른 사람에게 해를 끼치는 일이 아니라면, 사소하고 간단한 이유로 어떤 일이든 시작해도 되고 끝내도 된다. 그런데 어른이 되면서 간단한 이유를 들어 내 행동을 합리화시키는 게 어려워졌다. 그럴싸한 이유를 들어 내 행동을 설명하고, 그런 방식에 익숙해져 더 자극적인 이유를 만들어 내곤 했다. 그

럴싸한 이유를 만들어 낼수록 내 삶의 본질적인 이유들이 사라지곤 한다.

지치면 그냥 쉬는 거다.
그것 말고 어떤 이유가 더 필요할까.

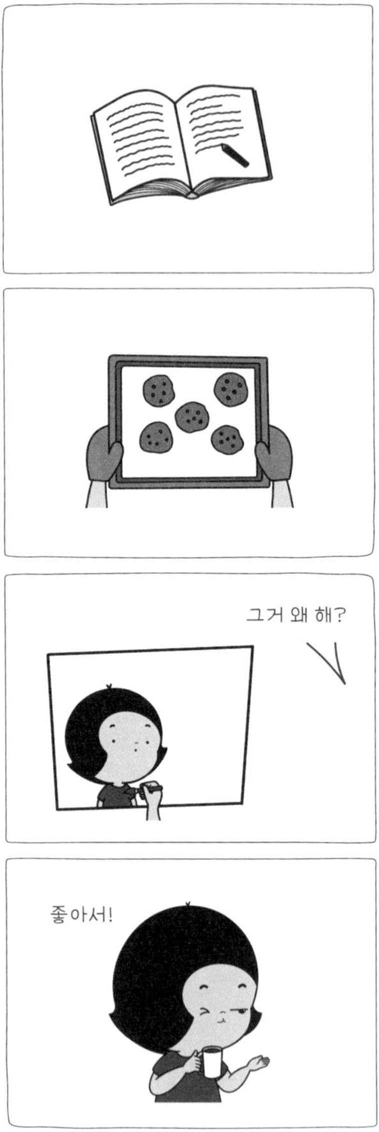
그거 왜 해?
좋아서!

무언가를 하기 위해
많은 이유가 필요한
건 아니니까.

우물에 머물며
바다에 갈 수는 없어

반복되는 일상에 지쳐갈 때면, 상상의 나래를 펼치곤 한다. 지금보다 나은 삶. 직장인으로서의 삶을 그만두고, 차 한 잔의 여유를 즐기는 일상. 하고 싶은 일만 하며, 누구에게도 방해받지 않는 삶.

직장을 그만둘 이유를 생각하다 보면, 그 이후의 삶이 무조건 아름답고 좋기만 할 것 같지만, 시간을 두고 찬찬히 생각을 더듬다 보면 '꼭 이곳을 벗어나야만 내가 원하는 삶을 살 수 있는 것일까?'라는 의문의 싹이 튼다. 차 한 잔의 여유나 하고 싶은 일을 즐기는 건 마음만 먹으면 지금의 생활 속에서도 충분히 누릴 수 있기 때문이다.

그러던 중 각종 도서와 매체에서 이야기하고 있

는 '늘 도전하고 안주하지 말라'는 문구가 가슴속에 박혔다. 지금 이대로 아무것도 하지 않은 채 살아가는 것이 잘못된 것처럼 느껴졌다.

그냥 이렇게 안주하며 사는 게 과연 잘못된 것일까. 꼭 도전하고 바쁘게 살아야만 하는 것일까. 어차피 지나갈 시간 속에서 하고 싶은 일 한 가지쯤 정해 천천히 쌓아가는 것. 누군가 너무 느리다고 지적해도 이 느림이 좋다고 솔직하게 고백할 수 있는 것. 내가 가진 것에 대한 만족.

어쩌면 우리가 빠져나와야 하는 우물은 직장이나 반복되는 일상이 아닌, 다른 곳에 행복이 존재할 거라며 현재의 삶에 만족하지 못하는 사고의 우물이 아닐까. 행복의 바다에 가고 싶다면 갇혀 있는 생각의 우물에서 빠져나와야 한다.

"바다에 가고 싶다면, 우물에서 나와."

행복의 열쇠는 밖이
아닌 내 안에.

양보하기 싫어요

"싫어요!"

길을 걷다 한 아이의 울음 섞인 소리에 뒤를 돌아보았다. 그곳에는 초등학교 저학년으로 보이는 남자아이와 여자아이, 아이들의 엄마로 보이는 한 여자가 서 있었다. 아이 둘은 엄마의 손에 들린 장난감을 바라보고 있었다. 방금 전에 큰 소리를 낸 남자아이의 얼굴이 빨갛게 달아올라 있었다.

엄마는 아이의 큰 소리에 당황하며 말했다.

"네가 오빠니까, 동생에게 양보해야지."

엄마의 말에 아이는 한 치의 망설임도 없이 큰 소리로 대답했다.

"싫어요. 나는 유치원 때부터 계속 양보만 했단

말이에요. 이제 절대로 양보 안 할 거예요!"

말이 끝나기 무섭게 아이의 눈에서는 폭포수 같은 눈물이 흘러내렸다. 속에 맺혔던 억울함이 눈물샘을 타고 터져 나오는 것처럼 보였다.

유치원이라는 말에 웃음이 났다가, 울고 있는 아이의 표정 속 억울함을 확인하고는 짠한 마음이 들었다.

우리는 종종 보이지 않는 잣대로 기준을 만들고, 그 기준에 맞춰 선을 긋고, 가로막고, 행동하곤 한다.

어른이니까 혹은 어리니까.
여자니까 혹은 남자니까.
선배니까 혹은 후배니까.

그런 이유로 양보를 해야 하고, 참아야 하고, 하고 싶지 않은 일을 해야 한다고 말한다.

하지만, 꼭 그래야 하는 이유가 있을까?
'~니까 = ~한다'는 공식은 존재하지 않는다.

아이의 말을 되새기며, 앞으로는 나도 좀 더 솔직해지고 싶어졌다.

"싫어요. 하고 싶지 않아요."

싫으면 싫다고
말해도 괜찮아.

행복이 생각하는 것보다 가까이 있음

"아, 맞다!"

가끔 깜빡할 때가 있다.
물건을 깜빡하고
약속을 깜빡하고
머릿속 기억들이 깜빡깜빡한다.

소중한 것들을 잊지 않도록
어딘가에 적어 둬야겠다는 생각을 한다.

노을이 지는 모습을 사이드 미러로
보며 기분이 좋아졌다.

'이런 게 행복이구나. 소박하지만 가치 있는 것.'

거울에서 눈을 거두는데 거울 아래에
쓰여 있는 글귀가 눈에 띈다.

‘사물이 거울에 보이는 것보다 가까이 있음.’

어쩌면 가까이 두고도 찾지 못하는 물건처럼
행복을 가까이 두고도 찾지 못하며
사는 건 아닐까.

‘행복이 생각하는 것보다 가까이 있음.’

행복이 생각하는
것보다 가까이 있음.

◦ PART 2 ◦

내일은 오늘보다 더 나은 우리가

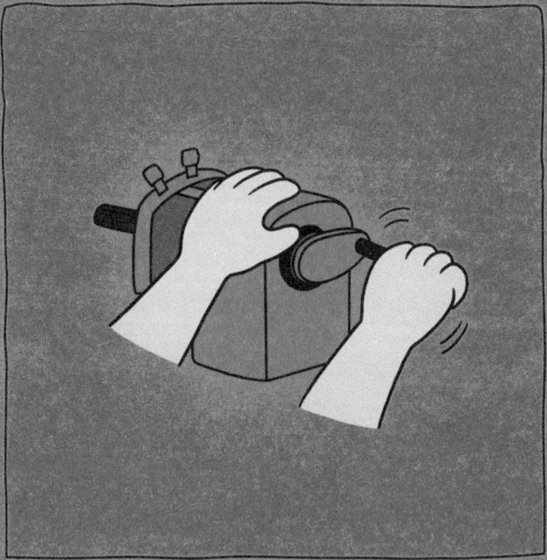

건강한 관계

한때 많은 사람들과 다양한 인간관계를 맺는 게 성공한 삶이라 생각했다. 친구가 많을수록 인기가 많은 것이라 생각해 더 많은 친구를 만들고, 더 많은 사람을 만나려고 했다. 그렇게 하루에도 여러 사람을 만나며 쉴 새 없이 약속을 잡았다. 그러다 보니 한 사람에게 온전히 집중하기가 어려웠다. 현재 만나고 있는 약속에 집중하기보다, 이어질 다음 약속을 생각하느라 현재의 만남에 집중하지 못했던 것이다.

시간이 지나면서 많은 사람을 아는 것보다 온전한 내 사람과 긴밀한 관계를 맺는 게 중요함을 깨닫게 되었다. 많은 사람들을 만나며, 마음속 공허함도 커져만 갔다. 넓은 관계를 맺다 보니 깊은 관계를 맺기가 어려웠던 것이다. 물론 넓은 관계망 속 깊은 관계를 유지하는 사람도 있겠지만, 내 경우는 그게 어려웠다. 신경 써야 할 것이 많아지고, 그 시간들이 오히려 정말 소중한 사람들에게 집중하는 것을 방해했다.

핸드폰 속, 수많은 사람들의 전화번호보다 중요한 건 그 사람들과 내가 얼마나 건강한 관계를 맺고 있느냐는 것이다. 양보다는 질이라는 말처럼, 몸의 상태를 알고 좋은 영양분을 고루 갖춘 균형 잡힌 식사를 하는 게 중요하다. 그러나 건강을 챙긴답시고, 이것저것 먹다 보면 살만 찌고 몸도 탈이 나게 마련이다. 인간관계도 마찬가지다. 여러 사람을 만나는 것보다 내게 맞는 사람들과 좋은 인연을 꾸준하게 이어가는 게 중요하다.

꾸준하게 이어가는 만남 속에서 서로에 대한 신뢰가 쌓이고 믿음이 쌓인다. 그런 관계가 견고해지는 건 시간이 지나가면서다. 그렇기에 지금은 굳이 많은 사람, 새로운 사람들과 인연을 맺기 위해 애쓰지 않는다.

인간관계에서도 정리정돈이 필요하다. 나중에 필요하다고 생각해서 버리지 못하는 물건처럼 인간관계를 어설프게 끌고 가지 말자. 그렇게 맺어온 관계들이 나에게 여유라는 공간을 빼앗아 가고, 쉴 수 있는 마음의 여유를 사라지게 만드니까.

많은 사람보다
맞는 사람과
함께.

욕의 부메랑 법칙

"야, 네가 욕하고 다닌 사람들 수를 세어 봐. 그럼 너도 그 정도 욕은 먹어야 공평하지 않겠냐? 그리고 너도 지금 걔 욕하고 있잖아!"

회사 동료에게 건너 건너 들은 나에 대한 험담. 그 말을 가볍게 넘겨보려고 했으나 집에 돌아와 홀로 껌을 씹듯 생각을 곱씹자 점점 안 좋은 기분이 엉겨 붙기 시작했다. 잔잔했던 감정은 휘몰아치는 폭풍이 되었고, 분노가 차오른 나는 친구에게 전화를 걸어 하소연을 했다. 하소연을 하려고 친구에게 전화를 걸었다가 친구에게 받은 답은 욕의 부메랑 법칙이었다. 친구의 논리를 떠올리며 그날의 하소연은 친구의 말에 대한 인정으로 마무리됐다.

나를 향한 누군가의 비난은 무척이나 기분을 상하게 한다. 그럼에도 불구하고 우리는 스스로가 건넨 누군가를 향한 비난은 잘 기억하지 못한다. 상처를 받고 상처를 주며 살아가는 게 인생이라는데, 준 상처보다는 받은 상처에 초점을 맞추며 살아가고 있다.

친구들과의 사적인 만남에서도 빠지지 않는 이야기 메뉴가 누군가의 뒷말이다. 마치 그날의 메뉴를 정하듯 그날의 이야기 주인공을 도마 위에 올려놓고 난도질을 즐길 때도 있다. 그러면서도 정작 나 자신이 그날의 요리로 선택되는 날이면 분노에 차서 견디지 못한다.

기억하자. 내가 기분이 나쁜 순간이 생겼다면, 그날은 내가 예전에 던졌던 부메랑이 나에게 돌아온 건지도 모른다.

결국 모든 것은
돌고 돌아 나에게로.

다시 만드는 유토

쉬는 시간, 아이들이 유토를 가지고 만들기 놀이를 하고 있다. 유토는 기름 성분이 들어간 점토다. 시간이 지나면 굳어서 사용할 수 없는 찰흙과 달리, 유토는 굳어 있는 것을 손으로 조금만 만져주면 쉽게 다른 모양을 만들 수 있다. 아이들은 정성을 들여서 유토로 자신만의 모양을 만든다. 그리고 다른 걸 만들기 위해 조금 전에 정성을 들여 만든 유토를 부순다. 다양한 모양을 만들고 자신이 만든 모양에서 기쁨을 누린다. 그리고 다시 부순다. 쉬는 시간과 점심시간마다 반복되는 놀이다.

부수는 게 아깝지 않냐고 묻자, "다 만들었으니까 괜찮아요. 이제 다른 거 만들어 볼 거예요."라고 말한다. 무언가를 만드는 게 목표가 아니라 그 과정이 주는 즐거움을 느끼고 있다. 무언가를 만들면 그것을 유지하고 소장해야 한다고 생각했던 나는, 아이들의 만들고 부수는 반복적인 행동이 신기했다.

새로운 걸 만들 수 있기에 이전의 결과물에 연연하지 않는다. 도전해 보고 옆 친구가 만든 게 좋아 보이면 따라 한다. 그 과정 속에서 자신만의 새로운 모양을 완성한다.

우리는 어른이 되며 점점 만들고 허무는 것을 두려워하는 것 같다. 새로운 것에 도전하는 게 어렵고 그에 따른 실패와 의미 없이 반복되는 행동들을 멀리하고는 한다. 하지만 아이들은 두려워하지 않는다. 그리고 자신이 만들었던 지난 결과물에 아쉬워하지 않는다. 미련을 쉽게 잊고, 새로운 것에 호기심을 갖고 앞으로 나아간다. 아이들에게서 배우게 되는 인생의 자세다.

두려워 말고
도전해 보는 거야.

담고 있으면 터져

새벽 2시, 온 집 안을 울리는 폭발음에 놀라서 잠에서 깼다. '펑'인 것도 같았고, '팍'인 것도 같았다. 어디서 폭격이 시작된 것 같은 엄청난 소리는 깊은 잠에 빠져 있던 우리 가족 모두를 현실 세계로 불러들였다. 잠에서 깬 가족들 모두 이 소리의 정체를 찾기 위해 집 안을 살폈고, 소리의 범인은 바로 복분자였다.

2주 전쯤 커다란 유리병에 담긴 복분자 발효액을 부모님께서 지인에게 선물 받으셨다. 나중에 물에 타서 마셔야지 하고, 주방 창고 한쪽에 놓고는 그 존재를 잊었던 것이다. 그렇게 잊고 있던 복분자는 2주 동안 서서히 발효를 하며 가스를 내뿜기 시작했고, 유리병은 불어나는 복분자의 가스를 견디지 못하고 폭발하고 말았다.

산산조각이 난 유리 조각들을 주워 담고, 찐득하게 바닥으로 흘러내린 복분자 발효액을 닦으며 생각했다.

이렇게 꽁꽁 싸서 담는다고 해서 모든 것들이 그냥 담겨 있는 건 아니구나. 참고 참으면 결국에는 터지는 거구나.

복분자의 폭발 사건 이후, 작은 습관 같은 것이 생겼다. 발효액을 구매하거나 집에서 담그게 되면 늘 중간중간 가스를 빼 주는 것이다. 신기하게도 사이다의 탄산 가스가 빠지듯, 발효액의 뚜껑을 열면 그 안에서 작은 가스들이 빠져나온다.

일상에서도 삶 속에 끼어든 스트레스와 일상의 고민을 중간중간 빼 줘야 한다. 꽉 막힌 유리병 속에 나의 일상 속 힘듦을 껴안고 살아간다면, 언젠가는 터질지도 모른다.

작은 관심으로 빼 줄 수 있었던 가스를 담고만 있다면, 유리병의 폭발처럼 언젠가는 터지고 말 테니까.

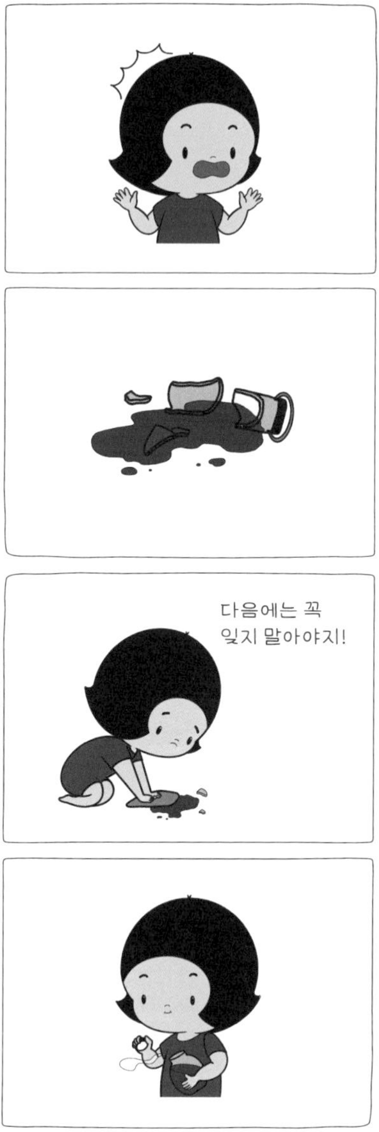
다음에는 꼭
잊지 말아야지!

꽉 막힌 마음도
자주자주 열어서
환기시켜 주기.

진심 어린 사과

초등학교 시절, 집이 가까워 늘 등하교를 같이 하던 친구가 있었다. 친구와는 어떤 이야기든 주고받을 수 있었고, 그게 너무 즐거워 하교 후에도 많은 시간을 함께했다.

그러던 어느 날, 친구와 작은 다툼이 생겼다. 서로 다른 반이었던 우리는, 학교가 끝나면 서로를 기다려주기로 했었다. 그날은 친구가 갑자기 일이 생겨 먼저 집에 가게 되었고, 난 친구가 먼저 집에 간 것도 모른 채 오래도록 그 친구를 기다려야만 했다. 다음 날, 친구는 갑자기 사정이 생겼었다며 내게 사과를 했고, 난 그 사과를 받아주지 않았다. 기분이 상했던 것이다. 괜한 자존심에 오히려 친구에게 상처가 되는 말들만 내뱉었다.

며칠 후, 나의 마음이 진정되고 친구에게 다가갔지만, 친구와 나 사이에는 이미 어색함이 생겨난 뒤였다. 말로는 표현할 수 없는 멀어진 거리. 서로가 서로에게 느낀 상처와 아픔이 예전과 같은 견고한 친구 관계를 유지하기 어렵게 만들었다. 그리고 그 친구와는 서로 다른 중학교에 배정되면서 결국 인연의 끈이 끊어지게 되었다. 지금 생각하면 마음이 잘 맞았던 친구를 잃은 게 아쉽고, 속 좁게 친구의 진심 어린 사과를 거절했던 내 자신이 너무 어렸던 것 같아 후회가 된다.

진심이 담기지 않은 사과는 거절해도 좋지만, 소중한 사람이 진심을 담아 미안한 마음을 건넨다면 그 마음을 잘 헤아려 볼 수 있어야 한다. 순간의 감정에 휩싸여, 상대가 상처받고 있음을 잊는다면 그 관계는 다시 이어지기 어렵다. 아직 늦지 않았다면 어긋난 관계를 잘 연결해 보자. 관계가 끊어진 뒤, 그 관계를 다시 잇기 위해서는 이전보다 훨씬 더 큰 어려움이 생기기 때문이다. 아직 늦지 않았다.

아직 늦지 않았다면
더 이상 미루지 않기.

골라 듣기

"너 생각해서 하는 말이니까, 잘 새겨들어."

직장 선배가 나를 위한 조언을 해 줬다. 선배의 말처럼 분명 잘 새겨들었는데, 기분이 언짢았다. 나를 위해 해 준다는 말 속에는 나를 향한 걱정이 아닌 자신이 평소 거슬렸던 나의 행동에 대한 간섭이 섞여 있었기 때문이다.

걱정과 간섭은 참 구별하기 힘들다. 사전을 찾아보니 걱정은 안심이 되지 않아 속을 태운다는 말이고, 간섭은 직접 관계가 없는 남의 일에 부당하게 참견하는 것이란다. 걱정과 간섭을 구별할 수 있는 방법은 말 속에 들어 있는 애정이라고 생각한다.

선배의 조언에는 나를 향한 애정이 담겨 있지 않았다. 그래서 새겨듣지 않기로 결심했다. 애정이 담겨 있지 않은 간섭을 새겨들을 만큼 넉넉한 심적 여유를 지니고 있지 않기 때문이다. 나는 나를 걱정하기에 간섭까지 경청할 여유가 없다.

좋은 생각만 하기에도 짧은 인생 속에 힘 빠지는 말들이 나를 향해 다가온다면, 우리가 갖춰야 하는 태도는 빠르게 걱정과 간섭을 구별하는 것이다. 그리고 애정이 담기지 않은 채, 내 삶에 던져지는 말들은 멀리 멀리 흘려보내자.

나를 아껴주는 사람들의 말을 귀담아 듣기에도 인생은 짧으니까.

널 위해서 하는 말인데 …
내 말 잘 새겨들어 …
널 위해 하는…
널 위해서 하는 말인데…
내 말 잘 새겨들어 …
내가 본 너는 …
널 위해 하는 …
널 위해서 하는 말 …
내 말 잘 새겨들어 …
내가 본 너는 …
넌 …
너는 말이야 …
널 위해 하는 …
널 위해서 하는 말 …
내 말 잘 새겨들어 …
내가 본 너는 …
넌 …
너 생각해서 …

날 위한 진심의 말만
골라 듣기.

거절당할 용기

'거절당하면 어쩌지?'

할 일 없는 주말. 무료함에 누군가를 만나고 싶어, 핸드폰 주소록에 가득 찬 친구들의 이름을 살펴보다가 핸드폰을 다시 내려놓았다. 약속을 잡고 싶어서 핸드폰을 집어 든 건 맞는데, 괜히 연락했다가 상대방에게 거절당할까 두려워졌기 때문이다. 함께하고 싶지만 거절당했을 때의 어색함이 싫어서 만날 수 있냐고 묻는 일을 멈춘다. 앞선 추측과 단정 짓기. 상대방의 'NO'라는 대답이 나라는 사람에 대한 부정이라고 느껴질 때가 있다. 심리적으로 많이 위축되어 있을 때는 특히나 더.

언제나 'YES'만을 외칠 수 있는 사람은 없다. 나

또한 누군가에게 승낙과 거절을 번갈아 했을 것이다. 그럼에도 누군가에게 부탁을 하거나 먼저 청을 하는 게 두려운 이유는, 거절이라는 것 자체에 익숙하지 않고 받아들이기 힘들어서일 것이다. 미움받을 용기가 유행했던 것처럼 거절당할 용기도 필요하다. 나의 부탁을 모두가 좋다고 할 수 없음을 받아들일 용기. 내게는 그런 용기가 아직 부족한가 보다.

혼자보다는 누군가와 함께 한잔하고 싶었던 날, 용기를 내 주소록에서 이름을 찾았다. 운동을 하며 알게 된 언니에게 전화를 걸었으나 약속이 있다고 해서 머쓱함에 전화를 끊었다. 다시 아는 동생에게 전화를 걸었다. "시간 되면 만날래?"라는 말에 동생은 흔쾌히 조금만 기다리라며 금방 약속 장소로 나왔다. 익숙하지 않았던 급만남이었지만, 이런 만남도 꽤 즐겁고 유쾌했다. 일상의 소소한 행복이 이런 거구나, 새삼 깨닫게 해 준 시간이었다.

거절당하는 게 두렵다면 많은 거절을 당해 보면 된다. 그렇게 거절에 익숙해지면, 그 익숙함에 더 많은 문을 두드려 볼 수 있는 용기가 생길 테니까!

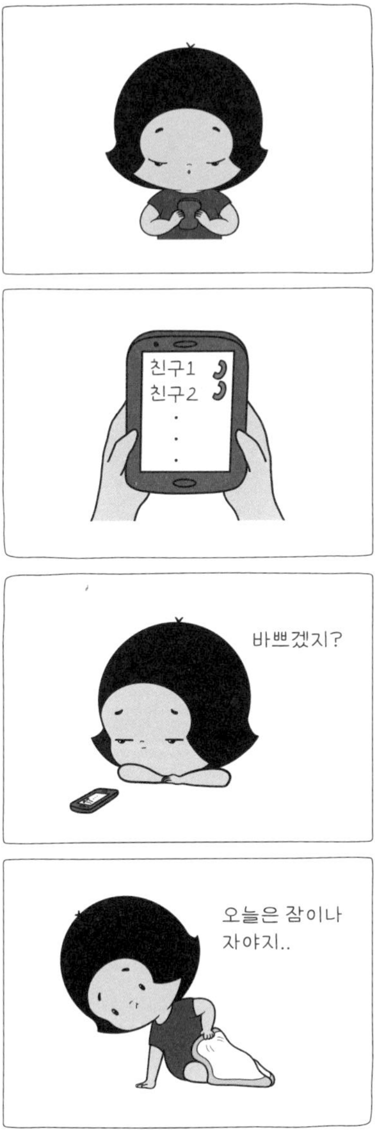
친구1
친구2
바쁘겠지?
오늘은 잠이나
자야지..

미리 추측하지 말고
용기 내 보기!

세상에서 가장 어려운 일

사람의 마음을 얻는다는 건 어려운 일이다.

좀 더 정확하게 말하면 사람의 마음을 얻고, 그 마음을 변하지 않게 이어가는 것이 가장 어렵다.
하지만 어렵기 때문에 더 가치 있는 게 아닐까?

사람의 마음을 얻고, 관계를 유지하는 게 쉽다면, 사람들은 관계의 중요성에 대해 깊게 생각하지 않을 것이다.

일부러 누군가를 떠올리고, 시간 내어 연락하고, 고민들을 나누면서, 다름을 인정하고 서로 닮아가는 시간들.

그 시간들이 쌓여 어렵지만 가치 있는
인간관계를 만들 수 있는 것이다.

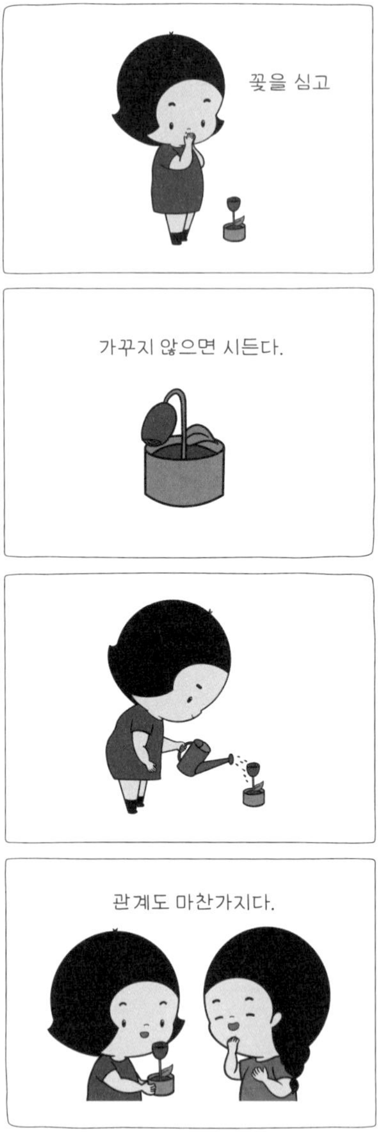
꽃을 심고
가꾸지 않으면 시든다.
관계도 마찬가지다.

어렵지만 그만큼
가치 있고 소중한 일.

인정의 미학

"어머, 너 요즘 살 좀 찐 것 같다. 나이도 들어가는데 몸매 관리 좀 해야지."

극도로 미워하는 직장 내 동료가 있었다. 웃으면서 사람의 약을 올리는 게 정말이지, 꼴불견을 넘어 꼴뚜기다. 하는 말은 꼴뚜기인데, 생긴 건 예쁘다. 미운 게 예쁘기까지 하다. 세상 불공평하다는 말이 이런 걸까.

아무튼 그 친구가 말을 할 때는 그게 기분 나쁜 말인지 아닌지 잘 모르겠는데, 모든 대화가 끝나고, 뒤돌아서면 베일에 가려져 있던 비아냥의 형체가 드러난다. 들을 때도 살짝 언짢았던 말들이 집에 와서 생각해 보면 울화가 치밀게 기분이 나쁘다. 틀린 말을 하는 건 아닌데, 언짢다. 나한테 왜 그러는 걸까. 마주치는 눈빛이 무엇을 말하는지 너무나 뒤늦게 알아버린 나는 바보다.

마음을 다독이기 위해 심리학 도서를 집어 들었다. 그 책에서는 자신을 불편하게 만드는 상대의 말에 대해 상대가 하는 말들을 거울처럼 똑같이 따라해 보라고 권하고 있었다.

"어머, 너 요즘 살 좀 찐 것 같다. 나이도 들어가는데 몸매 관리 좀 해야지."

"어머, 나 요즘 살 좀 찐 거 맞아. 나이가 들어갈수록 그게 정말 어렵네."

상대의 말에 대한 겸허한 인정. 하지만 감정의 소용돌이 없이 인정하고 가는 것이다. 물론 인정한다고 해서 쉽게 인정되는 것도 아니고, 마음이 상하지 않는 건 아니다. 그저 그러려니 무시하고 마는 것이다. 괜히 내 인생에 중요하지도 않은 사람의 말에 휘둘리고 싶지도, 소중한 내 마음에 상처를 입히고 싶지도 않기 때문이다. '그래, 너 잘났다.' 하고 웃으며 무시해 주는 게 이기는 것.

내 마음에
상처를 주는
가치 없는 말에
휘둘리지 않기!

감정 줄다리기

친구와 작은 일로 말다툼을 하게 되었다. 친구가 난처한 상황을 모면하기 위해 둘러댄 변명이 거짓이었던 것이다. 친구는 자신의 변명이 들통난 게 겸연쩍었는지 또 다른 거짓말로 둘러댔다. 난 더 이상 참지 못하고 친구에게 짜증을 냈다. 그렇게 시작된 말다툼은 서로의 감정선을 건드렸다. 내가 원한 건 친구의 사과였고, 친구가 원한 건 상황에 대한 진위 여부보다 적당히 모른 척 넘어가 주길 바란 거였다.

시작은 시시비비를 가리는 작은 말다툼이었지만, 시간이 지나면서 누군가가 이겨야 끝나는 싸움이 되었다. 대부분의 질긴 싸움이 그렇듯, 싸움의 끝자락에서는 과거의 서운한 일까지 끄집어내며 걷잡을 수 없게 되었다. 분노가 치솟고, 서운함이 폭포수처럼 쏟아져 나왔다.

결국 처음 말다툼을 하게 된 원인은 사라지고, 서로에 대한 비판과 불만의 목소리를 내지르며 서로에게서 멀어지게 되었다. 밑바닥까지 끌어내어 서로의 허점을 짚었으니 아무렇지 않게 얼굴을 보는 일도 민망해졌다.

시간이 흐르고 그때의 대화를 생각하면 무엇 때문에 그 말들에 목숨을 걸었나 싶다. 서운함을 내비치면 내 생각이 상대방에게 온전하게 전달될 수 있을 거라고 생각했다. 하지만 내가 타협 없이 나의 주장만을 내세울수록 상대는 자신의 생각을 더 강하게 주장했다. 나의 논리도 맞았고, 친구의 논리도 맞는 것이었다. 나는 사과를 받아야 할 이유를 만들어 내고 있었고, 친구는 자신의 거짓말이 합당하다는 것에 대한 이유를 만들어 내고 있었다.

사람들은 자신의 주장을 쉽게 내려놓지 못한다. 그러므로 공식적인 토론이 아니라면, 이겨야 끝날 수 있는 생각 겨루기를 하지 않았으면 좋겠다.

사람들은 대부분 보고 싶은 것만 보고, 듣고 싶은 것만 들으며, 생각하고 싶은 방향으로만 생각한다. 그러므로 이미 극에 달해 있는 감정의 줄다리기 속에서 상대를 내 편으로 끌어들일 수 없다. 수많은 말싸움을 통해 느낀 건, 상처 주는 싸움 속에 승자는 없다는 것이다.

겨루려고 하지 말고, 결정해야 하는 거다.
인연의 고리를 이어갈지,
감정 줄다리기로 인연을 끊어 낼지.
끊어 내고 싶지 않은 관계라면,
적당한 거리에서 서로의 생각을 인정하자.

끊어 내고 싶지
않다면
줄다리기는 그만.

화가 나요

"화가 나요! 화가 나요!!"

1학년 교실의 쉬는 시간. 한 아이가 큰 소리로 자신이 화가 난 상태임을 외친다. 분노에 휩싸인 아이의 시선을 따라가 보니 아이의 연필심이 부러져 있었다. 다시 깎아 주겠노라고 가져오라고 한 뒤, 연필깎이로 연필을 깎아 주었다.

연필을 깎아 아이에게 건네주며 "지금도 화가 나니?"라고 묻자, 아이는 괜찮다면서 내가 깎아 준 연필로 써내려 가던 글씨를 마저 쓰기 시작했다. 솔직한 감정 표현에 놀랐고, 큰 소리를 내던 분노가 순식간에 온순함으로 바뀌는 게 당황스러웠다.

아이들과 함께 생활하며 느끼는 건 아이들은 자

신의 감정에 꽤나 솔직하다는 거다. 웃다가 금방 화를 내기도 하고, 싸운 친구와 언제 그랬냐는 듯 재미있게 이야기하기도 한다. 중요한 건, 그 감정을 유발한 원인을 찾아 제거하면 더 이상 과거의 기억 속에 머물며 감정을 들춰내지 않는다는 것이다(물론 예외의 경우도 있기는 하다).

하지만 어른이 되어 갈수록 이런 솔직함이 어색해진다. 순간 기분이 나쁘더라도 표현하기 어렵고, 그렇다고 그 감정을 먼지 털어내듯 툴툴 털어내는 것도 어렵다. 불쾌한 감정이 생기더라도 상황에 따라서는 상대방에게 기분 좋은 듯 웃어 보여야 하는 것이 어른의 역할인 것만 같다. 결국 제때 털어내지 못한 감정의 먼지들이 점점 마음속에 쌓여 간다.

때론 어른보다 아이가 더 어른스러워 보이기도 하고, 배워야 할 점이 많기도 하다. 순간의 감정에 솔직한 아이처럼, 그렇게 순간의 감정에 솔직해지고 싶은 날이다.

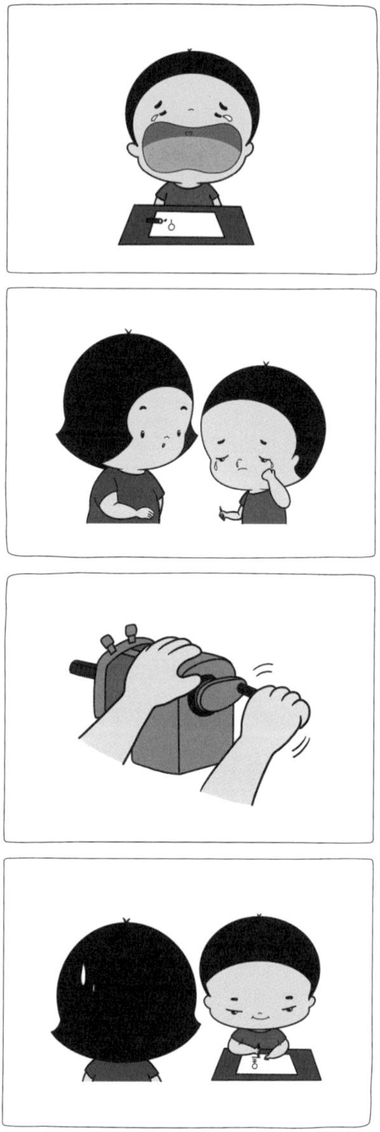

순간의 감정에
솔직해지기.

내 마음 썩지 않게

어느 날 타고 다니던 자동차에서 썩은 냄새가 나기 시작했다. 냄새는 흡사 인분(똥) 냄새와 비슷했다. 차를 청소하고, 창문을 열어 환기를 시켰지만 냄새는 날이 갈수록 더 심해질 뿐이었다. 결국 차 시트를 포함해 모든 구석구석을 살피고서야 그 원인을 알게 되었다.

몇 달 전, 마트에서 샀던 당근이 담긴 봉지가 트렁크 안쪽에 박힌 채 썩어 있던 것이었다. 당근은 형태를 알아볼 수 없을 정도로 뭉개져 있었고, 냄새는 참을 수 없을 정도로 고약했다. 당근 한 개가 이토록 심한 냄새를 풍길 줄은 예상하지 못했다. 자동차에서 봉지를 꺼내 버리고 환기를 시키자, 언제 그랬냐는 듯이 고약한 냄새는 차츰 사라지기 시작했다.

나는 한때, 마음속에 썩은 당근을 담고 있던 적이 있었다. 썩어 가는 당근처럼 누군가를 향한 미운 마음이 좋지 않은 냄새를 풍기며 내 안에 자리 잡기 시작했다. 얼굴 표정을 제어하기 어려웠고, 일상에서 마주치는 사람들에게도 보이지 않는 짜증을 섞어 내고 있었다. 단순히 일이 힘들고 피곤해서 예민해진 거라고 생각하며 그 원인을 생각하려고 하지 않았다. 일상의 짜증은 점점 심해졌고, 그 짜증의 원인을 살핀 건, 내 짜증이 주변 사람들을 힘겹게 하고 있음을 알고 난 뒤였다.

결국 차를 샅샅이 뒤진 뒤 알게 된 썩은 당근처럼 내 일상의 썩은 당근은 마음속에 쌓이기 시작한 상사를 향한 미움이었다. 이유가 없다고 생각했던 짜증은 미움으로 유발된 이유 있는 짜증이었던 것이다. 나의 짜증은 다른 곳으로 발령이 난 상사의 송별회 이후 서서히 사라졌다. 송별회에서 듣게 된 상사의 사과. 그동안 미안했었다는 상사의 말을 듣고서야, 조금이나마 내 마음속에 쌓였던 썩은 당근을 덜어 낼 수 있었다.

변해 가는 자신의 모습이 마음에 들지 않는다면 그 원인을 찾아봐야 한다. 원하지 않는 모습이 나오는 건 이유가 있기 마련이니까. 그리고 그 원인이 누군가를 향한 미움이라면, 찾아내서 버려야 한다. 썩은 것을 버리지 않으면, 결국 그 냄새는 나를 물들이고 만다.

내 마음이 못나지지 않게 버리자. 누군가를 이해하고, 납득하려고 할 필요 없다. 내 인생에 의미 없는 것은 그냥 버리자. 그것만이 깨끗하고 향기 나는 마음을 유지할 수 있는 방법이다.

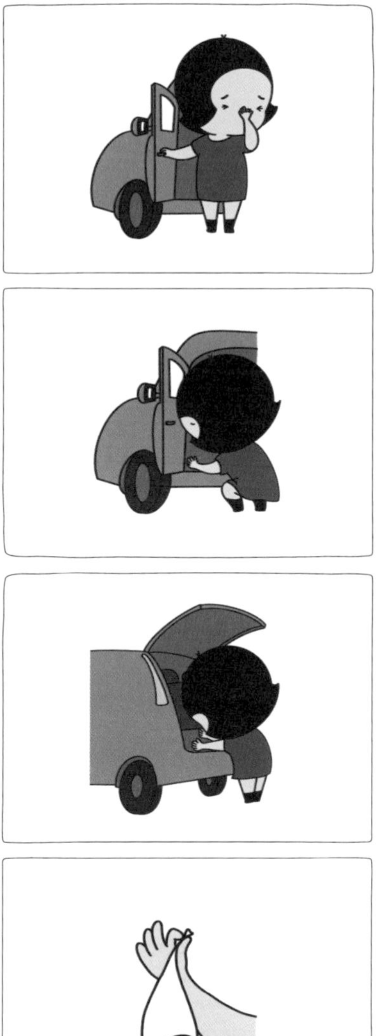

썩은 건
그때그때
버리고 청소하기.

잘못을 인정하는 용기

친구 중에 말하는 것을 좋아하는 친구가 있다. 그 친구는 다른 사람들에게 들은 이야기나 본인이 겪은 이야기를 재미있게 전달하는 능력을 가지고 있었다. 문제는 전하는 말이 많아지다 보니 좋은 이야기만 전달하는 건 아니라는 거다. 그중에는 다른 이에 대한 험담도 섞여 있곤 했다.

그러던 어느 날, 그 친구의 말이 몇 사람을 거치면서 험담의 주인공의 귀에까지 들어가게 되었다. 결국 험담의 주인공이 친구를 찾아왔고, 친구는 당황한 나머지 상황을 피하기 위해 다른 이의 이름을 대며 그 사람이 험담을 했다고 변명했다. 하지만 상황은 걷잡을 수 없이 커졌고, 화가 난 험담의 주인공이 삼자대면을 요청했다. 결국에 친구는 여기저기에 변명을 늘어놓다가 모든 사람들로부터 비난을 받게 되었고, 관련된 모든 인연들과 연을 끊을 수밖에 없었다.

어른이 되어 갈수록 잘못을 인정하는 게 쉽지 않다. 지키고 싶은 자존심이 커지고, 순간에 느끼는 수치심과 모멸감도 상대적으로 더 크게 와 닿는다. 하지만 괜한 자존심과 체면을 지키느라 자신의 잘못을 인정하고 사과할 수 있는 결정적인 순간을 놓치게 되면, 결국 일은 점점 더 나빠지고 만다.

나로 인해 누군가의 마음에 상처를 주었다면, 그걸 알아차린 순간 곧바로 잘못을 인정하고 사과할 줄 아는 용기가 필요하다. 그것이야말로 어른으로서 지녀야 할 마음가짐이 아닐까.

잘못했다면
변명이 아닌
잘못을 인정하기.

방법의 오류

같은 실수를 반복하고 있다면, 노력의 부족이 아닌 방법의 오류일 수 있다.

같은 방법으로 더 많이 노력하고 시도했음에도 실패를 경험했다면, 그건 방법이 틀린 것이다. 잠시 멈추고 생각해 보자.

무엇을 잘못 보고 있는지,
잘못 본 건지,
잘 못 본 건지.

잘못 본 건지,
잘 못 본 건지.

생각 다이어트

고등학교를 졸업할 무렵 나의 몸무게는 90kg에 가까웠다. 학창시절부터 나는 통통을 넘어 뚱뚱의 단계에 머물렀었다. 살을 빼고 싶었으나 쉽지 않은 일이었다. 세상에 맛있는 음식은 넘쳤고, 움직이는 것은 너무나도 귀찮은 일이었다.

그렇다고 해서 날씬한 몸매를 갖고 싶지 않았던 건 아니다. 텔레비전에 나오는 멋진 몸매의 연예인을 보면 부러웠고, 아기자기하고 예쁜 옷을 입고 싶은 열망은 언제나 마음속에 있었다. 다만, 그 열망보다 먹고 쉬는 것에 대한 욕구가 더 컸기에 언제나 상상뿐이었다.

주변에서는 대학생이 되면 살이 빠질 거라고 했

다. 그 말을 들으며 대학생이 되면 사람이 나이를 먹는 것처럼 자연스럽게 살이 빠질 거라고 생각했다. 하지만 그건 착각이었다. 이전의 생활패턴이 반복되는 이상 몸무게의 변화는 없었다. 그래서 그 시절의 나는 스스로 '난 천성적으로 뚱뚱세포를 타고 났다'고 결론지었었다.

그렇게 대학교를 졸업하고 직장인이 된 날, 처음으로 나갔던 소개팅에서 상대에게 차였다. 거절의 이유를 명확하게 알 수는 없었으나 비만 체중이었던 나는 소개팅의 실패를 나의 외모 탓으로 결론지었다. 그리고 늘 생각만 하던 다이어트를 실행에 옮겼다. 약 1년에 가까운 시간 동안 다이어트를 하며, 결국 30kg에 가까운 체중을 감량했다.

그날 이후로 10년 가까이 같은 몸무게를 유지하고 있다. 그리고 더 이상 내가 뚱뚱세포를 타고 났기에 뚱뚱했다고 생각하지 않는다. 단지 그 당시 나의 식습관이 문제였고, 나의 생활패턴이 문제였음을 깨달았을 뿐이다.

요즘 나는 생각 다이어트를 시도하고 있다. 지금까지 내가 가졌던 부정적인 생각들이 그저 내가 지닌 천성이라고만 생각했는데, 내가 원하던 몸무게에 정착한 것처럼 사고도 습관으로 만들어진 게 아닐까 하고 생각하게 된 것이다. 건강한 몸을 만들기 위해 건강한 식단을 짜고 운동을 하는 것처럼, 건강한 생각을 하기 위해서는 긍정적인 생각을 하고, 생각을 바꾸는 연습이 필요한 것이다. 익숙한 방식으로 생각하고, 익숙한 방식으로만 말한다면 좋은 생각을 머릿속에 채울 수 없다.

몇십 년 동안 쌓였던 생각의 고리를 끊어 내기란 어렵다. 그렇기에 다시 부정적인 생각을 채우려는 습관을 바꾸어 긍정적인 생각들로 머릿속을 채울 수 있도록 나를 꽉 잡아 연습해야 한다. 그리고 그 연습이 정착되면 부정이 아닌 긍정의 삶으로 돌아갈 수 있는 것이다.

부정의 요요가 오려고 하면 다시금 자신을 붙잡아 보자. 쉽지 않은 일이기에 노력이라는 게 필요한 거고, 성공이라는 말이 붙는 것처럼, 생각을 바꾸는 연습을 시작해 보자.

다시 돌아가지 않기
위해, 생각을 바꾸는
연습 중.

◦ PART 3 ◦

잊지 마,
네가 가장 소중하다는 걸

일상의 행복

오늘 하루를 되짚어 보며, 일기를 쓰려고 했다. 그런데 아무 생각이 나지 않는다. 아침에 일어나 출근 준비를 하고 출근을 했다. 그리고 퇴근을 했다. 이런 반복적인 일상 이외에 내 일상은 특별할 것이 없었다. 그래서 막상 일기장을 펴 놓고도 쓸 것이 없다. 마치 어제의 내가 오늘의 나로 24시간 순간 이동을 한 것 같은 기분이다.

누군가에게는 절실하고 간절하다는 이 시간이 내게는 흘러가는 강물같이 지나갔다. 일상에 너무 젖어 있어서 그 일상의 소중함을 망각하고 있었던 거다.

다시 한번 찬찬히 하루를 되짚어 본다. 오늘은 하늘이 파란색 물감으로 색칠한 것처럼 쾌청했고, 별

탈 없이 하루를 마무리했다. 오랜만에 만난 동료와 짧지만 재미있는 대화를 주고받을 수 있는 여유가 있었다.

자세히 보아야 보이는 일상의 행복. 그 행복을 놓치지 않기 위해 소소한 추억들도 일기장에 적어 간직해 두기로 했다.

애쓰지 않으면 보이지 않는 소중한 것들.

찾아보면 곳곳에
숨어 있는 행복의
순간들.

내가 의식하는 대로

어느 여름이었다. 급하게 길을 가다가 돌부리에 걸려 넘어지고 말았다. 들고 있던 핸드폰이 바닥으로 내동댕이쳐졌고, 반바지를 입고 있던 무릎에서는 빨갛게 선홍빛 피가 흐르기 시작했다. 아픔을 느끼는 것도 잠시, 가방에 든 휴지를 꺼내 무릎에서 흐르는 피를 서둘러 닦고, 바닥에 떨어진 핸드폰을 주워 얼른 그 자리를 피했다. 아픈 것보다 아파하는 나를 향해 몰려드는 주변 사람들의 시선이 더 의식되었기 때문이다.

서둘러 자리를 피해 집으로 돌아가는 길. 나의 아픔보다 사람들을 의식해 자리를 피한 내 모습에 피식 웃음이 났다. 웃음거리가 되기 싫어서 얼른 자리를 피한 나. 그런 모습이 비단 거리에서의 넘어짐

뿐이었을까.

책 《너는 특별하단다》는 나무 사람인 '웸믹'들의 이야기를 담고 있다. 웸믹들은 서로에게 별표나 점표를 붙여주며 살았다. 칭찬할 만하다고 생각하는 웸믹에게는 별표를, 보잘것없다고 생각하는 웸믹에게는 점표를 붙였다. 웸믹인 펀치넬로는 언제나 잿빛 점표를 받고는 했다. 점표를 잔뜩 붙인 펀치넬로는 또 점표를 받을까 봐 두려워하며, 스스로가 좋은 나무 사람이 아니라고 생각하게 된다. 그러던 중 펀치넬로는 웸믹들을 만든 엘리라는 목수 아저씨를 만난다. 자신에게 붙은 점표를 보며 슬퍼하는 펀치넬로에게 엘리 아저씨는 따스한 말을 건넨다. "그 표는 네가 붙어 있게 하기 때문에 붙는 거란다. 그 표는 네가 그것을 중요하게 생각할 때만 붙는 거야." 펀치넬로가 엘리 아저씨의 말을 이해하게 되었을 때, 펀치넬로의 몸에 붙어 있던 점표가 하나둘 떨어져 나가기 시작한다.

네가 아닌, 나로 향하는 시선. 그 시선이 펀치넬로에게서 점표를 떼어 냈다. 다른 사람의 시선보다 먼저 바라봐야 하는 건 나의 감정이다.

의식하는 삶을 살자. 단, 그 대상은 다른 누군가가 아닌 나를 위한 것.

남이 아닌 나를
의식하며 살기.

내 자존감입니다

"저 사람은 자존감이 낮아."

"쟤는 진짜 자존감이 높아!"

어느 날부터인지는 잘 모르겠다. '자존감'이라는 말이 귀에 익숙하게 들려오기 시작했고, 주변에서 자존감에 대한 평가들이 난무하기 시작했다.

사람들은 자신만이 가지고 있는 잣대로 다른 사람의 자존감을 평가했다. 자신을 사랑하지 못한다고 생각하는 친구에게는 자존감이 낮다고 평가했고, 주변 시선에 신경 쓰지 않고 자신이 하고 싶은 일을 당당하게 해 나가는 친구에게는 자존감이 높다고 평가했다. 상대방에게 어떤 생각과 감정이 존재하는지 묻지도 않은 채, 보여지는 것들로 평가되는 자존감.

자존감이 '낮다'와 '높다'를 평가하고 나누는 기준은 무엇일까? 마치 절대 평가로 치러지는 시험처럼 기준점이 되는 점수를 얻는 사람에게 '자존감이 높다'는 증명서를 내주는 것일까?

궁금증으로 머릿속을 채운 채, 주변을 둘러보았다. 그리고 깨달았다. 결국 자존감의 높고 낮음은 서로가 서로를 비교하는 데에서 생긴 것임을. 세상에서 유일한 존재인 나의 자존감이 다른 이와의 차이를 통해 평가되는 모순.

그것이 모순임을 알기에 누군가 나의 자존감을 평가하려 한다면, 더 이상 그것에 연연하지 않기로 했다. 내 자존감은 내가 평가하는 것이다. 아니, 내가 바라봐 주는 것이다. 나는 나를 사랑한다. 물론 가끔은 미워하기도 한다. 사랑과 미움의 감정이 밀물과 썰물이 교차하는 것처럼 하루에도 몇 번씩이

나 왔다 갔다 바뀐다. 하지만 나는 그런 나를 잘 알고 있다. 스스로 나를 알고 인정하면 그만이다. 다른 누군가의 평가와 비교는 필요 없다. 그저 나 자신을 알고 나를 사랑하면, 그것으로도 충분하다.

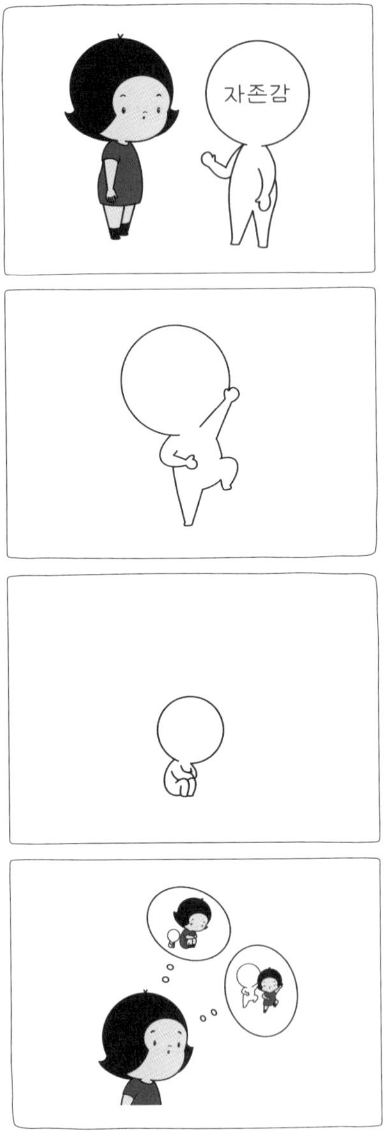

내가 나를 충분히
아끼고 있다면,
그걸로 충분해.

나의 계절

허영만 작가는 《꼴》이라는 관상 만화를 완성하기 위해 관상 전문가를 찾았다. 이에 전문가는 관상을 공부하려면 최소 3년이라는 시간이 필요하다고 말했고, 이 말을 들은 허영만 작가가 주저하자 이렇게 말했다.

"공부를 하든 안 하든 3년은 지나갑니다."

허영만 작가는 이 말을 듣고는 관상 만화 《꼴》을 완성하기로 마음먹고, 관상을 공부하기 시작했고, 그렇게 책을 완성해 냈다.

시간은 가만히 멈춰 기다려주지 않는다. 누구에게나 공평하게 주어진다. 어차피 흘러가야 할 시간이라면, 하고 싶었던 일에 그 시간을 쏟아 보는 건 어떨까. 흘러가는 시간 속에서 '될까?'를 고민하기보다 '해 보자' 하고 행동하는 거다. 어차피 아무것도 하지 않아도 결국 지나갈 시간이니까.

서두르지 않아도 멈추지 않는다면 언젠가는 닿게 된다. 단, 닿기 위해 어쨌든 출발을 해야 하고, 나아가야만 한다. 곧 다가올 나의 계절을 위해 마음속에만 담아 두었던 꿈을 위한 첫발을 내디뎌 보자.

시작하든 안 하든
어차피 시간은
흐르니까.

가끔은 걱정 그네를 타요

한 달에 한 번 정도 부모님이 계시는 전주에 다녀온다. 부모님 댁에 갈 때마다 빠지지 않고 하는 건, 집 근처 산책이다. 어둠이 드리워지는 초저녁, 천변을 포함한 한 시간 남짓의 산책을 하다 보면 금세 기분이 좋아진다. 그리고 산책의 마지막 코스는 집 앞 공원에서 그네를 타는 것이다.

어릴 적 발을 치켜들며 타야 했던 그네는 이제 두 발을 땅에 디디고도 거뜬하게 탈 수 있다. 땅을 향해 힘껏 발을 밀어 그네를 타기 시작한다. 앞으로 한 번, 뒤로 한 번. 하늘에 닿을 것처럼 위로 올라간 그네는 땅에 닿을 것처럼 빠르게 아래로 내려온다. 그렇게 반복하는 그네 타기. 그 반복적인 움직임 속에 산책으로 흘렸던 땀방울도 사라진다. 하늘에 닿을 것 같은 돋움과 땅에 닿을 것 같은 내림. 그 반복이 마치 일상의 기분 같기도 하다. 하늘 높이까지 솟구쳐 오르며 자신감이 붙다가도, 땅으로 꺼질 것 같이 자신감이 없어지는 날의 반복.

"열심히 노력하다가 갑자기 나태해지고, 잘 참다가 조급해지고, 희망에 부풀었다가 절망에 빠지는 일을 또다시 반복하고 있다"는 빈센트 반 고흐의 말처럼 조급함과 희망의 사이를 오고 가는 일상이 떠오른다.

하지만 그러면 뭐 어떤가. 기분의 그네를 타는 것도 나쁘지 않다. 걱정이 내 삶을 바꿔놓지는 못하겠지만, 그 과정에서 평소 흘렸던 땀방울들이 하나씩 사라져 가는 기분이니까. 조급함과 희망 사이에서 내가 무엇을 향해 조급해하고 희망에 부푸는지 나를 좀 더 견고하게 알아갈 수 있으니까. 가끔은 걱정 그네를 탄다. 그리고 너무 높거나 낮지 않을 만큼 적절한 걱정 그네의 높낮이를 알아가고 있는 중이다.

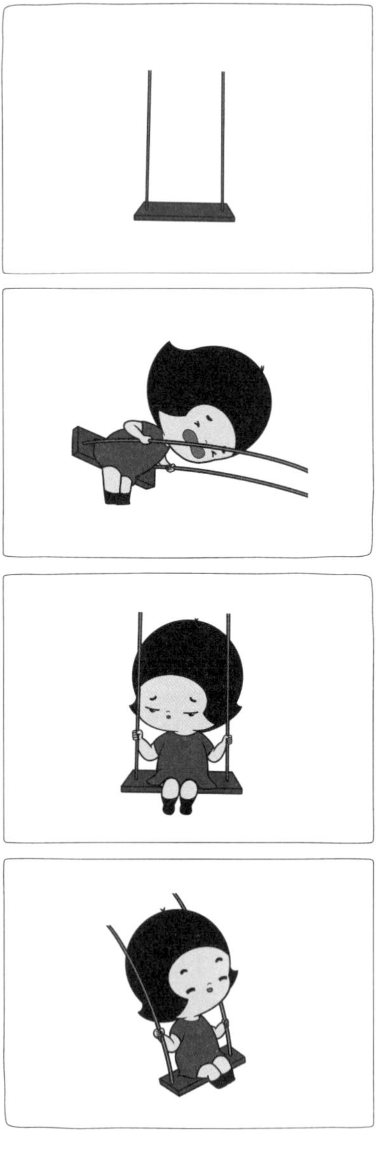

딱 기분 좋은 높이.

넌 잘하고 있어

잘할 수 있을 거라는 확신이 들다가도, 어느 날은 잘할 수 없을 거라는 확신에 마음이 복잡해지곤 한다. 긍정과 부정을 넘나들게 만드는 일상의 문제들을 혼자서 끙끙 앓기 어려운 날이면, 두 살 터울의 오빠에게 고민을 나누곤 한다. 어제도 그런 날이었다. 고된 하루의 힘듦을 건넨 나의 문자에 오빠는 말했다.

"넌 강하잖아. 이번에도 잘 이겨낼 거야."

물론 날 진심으로 걱정해서 해 준 말이라는 걸 아는데도, 그날따라 묘하게 마음이 뒤틀렸다. '강하다'는 것은 무엇일까. 나는 '강하다'는 말을 떠올리면, 늘 '바위'가 떠오른다. 그러고 보니 나 역시도 늘 바위가 강하다고만 생각했지, 그 과정에 대해서는 한 번도 생각해보지 않은 것 같다.

만약 바위가 말을 할 수 있다면 "넌 강하니까!"라는 말에 무어라고 답을 해 줄까.

"강함만으로 버틸 수 없었어. 난 비바람에 무뎌진 거야. 그래야만 살아남을 수 있으니까. 가끔은 모가 난 부분을 날려 보내야 하는 고통을 참고 버틴 거야. 살아남아야 하니까."라고 하지 않을까.

살아남기 위해 버틴 바위에게, 강함이라는 본성을 들이대며 당연한 것이라고 한다면, 지금껏 바위가 버텨 온 시간이 너무 서글플 것 같다.

힘든 시련을 딛고 일어난 사람들은 쓰러지지 않는 게 천성이라기보다 삶에 대해 좀 더 유연해진 거다. 버틸 수 없는 상황에서는 모가 난 부분을 쳐낼 줄도 알아야 한다는 걸 삶을 통해 깨달은 거다.

그래서 나는 만약 누군가 힘들어한다면, '넌 강하니까'라는 말보다 '넌 잘하고 있어'라고 말해 주고 싶다. 지금껏 잘해 왔고, 앞으로도 그런 너를 언제나 응원하겠다고.

잘하고 있어.
언제나 너를
응원할게.

감정 예보

갑자기 퇴근길에 비가 쏟아지기 시작했다. 미처 우산을 챙기지 못한 사람들은 바삐 걸음을 재촉했다. 나는 매일 아침 일기 예보를 확인하는 습관이 있어, 다행히 우산을 챙긴 덕분에 비를 맞지 않을 수 있었다.

문득 그런 생각이 들었다. 매일 아침 일기 예보를 확인하듯, 나의 감정 예보를 확인할 수는 없을까. 물론 삶이란 건 늘 예상치 못한 사건들로 하루에도 수십 번씩 감정의 변화가 일고는 하지만, 그래도 잘 살피고 들여다보면 어느 정도는 예측할 수 있다. 화창한 날이 될지, 소나기가 내릴지, 짙은 먹구름이 낄지 말이다.

그렇게 심상치 않은 감정 기복이 느껴지는 날에는, 마음속 우산 하나를 준비하는 것이다. 나만의 우산을 펼치고, 쏟아지는 소나기를 피할 수 있도록. 힘들고 지친 감정과 맞서기보다 잠시 나만의 우산 아래에서 휴식을 취할 수 있도록 말이다. 그 누구보다 나를 잘 알고, 아껴 줄 수 있는 사람은 오직 나뿐이니까.

오늘의 내 감정 확인.

나에게 전하고 싶은 말

가끔 나는 잊는다. 지금 내가 할 수 있는 것들이 어릴 적 나에겐 불가능해 보였던 일이었다는 것을.

과거에 꿈꾸던 모습의 내가 현실이 되어 있음에도 종종 그 사실을 잊는다. 과거의 나와 같이 현재의 나 역시 여전히 불안한 마음들로 채워져 있다. 그런 내가, 미래의 나에게 듣고 싶은 말을 상상해 본다.

"걱정 마. 잘하게 될 거야."

"진짜요?"

"응, 그럼!"

걱정 마.
잘하게 될 거야.

사랑은 현재형으로 표현하기

"쿵!"

화단에서 들려온 큰 소리에 밖으로 나가 보니 아빠가 바닥에 넘어져 계셨다. 넘어진 아빠의 모습을 따라가던 시선의 끝에 붉디붉은 피가 보였다. 화단에서 나무를 다듬고 계셨던 아빠가 발을 헛디디며 넘어지셨고, 몸을 지탱한다고 뻗은 손으로 바닥에 놓인 화분을 잡은 듯했다. 화분은 아빠의 무게를 이기지 못하고 산산조각이 났으며, 그 조각난 파편이 아빠의 손을 파고들었다.

"아빠는 괜찮아, 걱정하지 마. 조금 다쳤을 뿐이야."

보는 것만으로도 상태의 심각성이 느껴지는데,

아빠는 나를 진정시켰다.

구급차 안에서도, 수술실에 들어가면서도 아빠는 가족들을 진정시켰다. 아빠의 얼굴은 고통과 공포로 새하얗게 질려 있었음에도, 연신 괜찮다는 말을 내뱉고 있었다. 생살이 찢긴 아픔 속에서도, 놀란 가족들을 위해 괜찮다고 말하는 아빠. '괜찮다'라는 말이 이리도 안타까운 것임을 깨달은 날이었다.

어릴 적 내게 아빠는 무서운 존재였고, 또한 미움의 대상이었다. 아빠는 작은 실수도 쉽게 넘어가지 않았고, 칭찬이라고는 찾아볼 수 없었다.

어른이 되고, 내 인생을 책임지기 시작하면서 아빠가 짊어져야 했을 삶의 무게에 대해 조금이나마 깨닫게 된다. 어른이 된다는 건 신체와 정신이 고르게 성장한다기보다, 겉으로 드러나는 신체의 성장에 맞추어 정신이 쫓아가고 있는 것임을. 이 정도 컸으니 이 정도 생각으로 행해야 한다는 의무 같은.

아빠도 그러했을 것이다. 어른이 되었고, 한 가정의 가장이 되었다. 챙겨야 할 처자식이 생겨났고, 책임이라는 무게가 늘어났다. 하지만 아빠는 사랑을 나누는 방법에 대해 배운 적이 없었다. 아빠의 아빠가 아빠에게 그러했던 것처럼, 자식의 부족한 점이 보일 때마다 그걸 메꾸려 엄하게 꾸짖는 게 아빠가 할 수 있는 사랑 표현이었다. 배운 적이 없어서, 알맞게 표현할 줄 모르는 아빠에게 내가 먼저 익숙하지 않은 사랑 표현을 문자로 건넨다.

"아빠, 사랑해요. 언제나 건강하셔야 해요."

문자를 보내고 인순이의 〈아버지〉라는 노래가 귓가에 맴돈다.

"부디 사랑한다는 말을 과거형으로 하지 마십시오…."

부디
거형으로 하지 마십시오
아빠, 아프지 마시고 늘 건강하세요. 사랑해요, 아빠.
고맙다. 너도 건강 잘 챙겨라.

부디 사랑한다는
말을 과거형으로
하지 않길.

온전한 내 편

힘들고 지친 날 생각나는 사람.
시간과 장소에 관계없이 연락해
하소연하고 싶은 사람.
회사에서 힘들었던 일, 사람 관계에 지친 일,
아무 일 없지만 서러움이 밀려오는 날,
그 모든 순간들을 스스럼없이
다 털어놓고 싶은 사람.

그런 내 편 하나 있음 죽을 만큼 힘든
세상살이에서도 버틸 수 있는 힘이 생긴다.

아직 그런 내 편이 없다면
나 역시 누군가에게 내 마음을
열지 못한 걸 수도 있다.

나는 네 편,

너는 내 편.

우린 한 편.

온전한 내 편,
소중한 한 편!

행복의 가치

엄마가 전주에서 서울로 나들이를 오셨다. 엄마의 서울 나들이는 지인의 결혼식 같은 큰 행사가 아니고서는 드문 일이다. 그런 엄마가 딸이 사는 곳을 보고 싶다며, 일부러 일정을 잡아 1박 2일의 서울 나들이를 결심하신 것이었다.

엄마를 모시고 집으로 향하는 길, "엄마, 서울에 오니까 좋아?"라는 물음에 "우리 딸하고 같이 있으니까 좋지!" 엄마의 환한 미소에 나도 덩달아 기분이 좋아진다.

엄마의 서울 나들이를 위해 많은 계획을 세웠었다. 남산에도 가고, 경치 좋은 곳에서 맛있는 식사도 하려 했다. 그런 계획들을 말하자 엄마는 얼른 딸이 사는 모습을 보고 싶다며 집으로 가자고 하셨다. 집에 가는 길에 통닭 한 마리와 과일을 사서 들어갔다. 그리고, 3시간 남짓 엄마와 즐거운 수다를 이어 갔다. 수다가 끝나갈 즈음, 엄마는 하루의 피곤함이 밀려오는 듯 서서히 잠에 드셨다. 그런 엄마를 보며 행복이라는 것을 다시금 생각해 본다.

행복이란 함께하는 것.
함께하는 시간 속에서
소중한 사람의 웃음을 보는 것.

그런 잔잔하고 소소한 기쁨의 가치를
알게 되는 날,
그날을 행복이라고 쓰는 것.

잔잔하고 소소한
순간이 모여 행복이
되는 것.

인생 연주곡에 쉼표

직장에서의 과다한 업무와 개인적으로 힘든 일이 겹치면서, 난 잠시 휴식을 선택했다. 다니던 직장에 휴직계를 내고, 부모님이 계시는 전주로 내려갔다. 고정적인 지출과 하던 일을 멈춘다는 불안이 있었지만, 계속 버티기에는 방전되기 직전의 핸드폰처럼 곧 전원 스위치가 꺼져 버릴 것 같았다.

그렇게 휴직이 시작된 첫 달. 매달 고정적으로 들어오던 월급이 사라졌다. 그리고 월급을 받기 위해 해야 하는 일의 의무도 사라졌다. 하루 종일 정신없었던 하루는 고요함과 평온함으로 가득해졌다.

모든 것을 내려놓고서야 내가 꼭 쥐고 있어야 한다고 생각했던 것들이 아무것도 아닌 허상임을 깨닫게 되었다. 내가 반드시 해결해야 할 것 같았던 문제들은 내가 아닌 누군가에 의해 잘만 해결됐다. 내가 그곳에 존재해야만 한다고 생각했던 건 나의 오기였을 뿐이다.

일의 고단함에 지칠 때면 늘 주말이 얼른 돌아오기를 고대했었다. 그런데 휴직을 하고 나니 일상이 언제나 토요일이었다. 주중과 주말의 구별 없이, 매일이 토요일과 같은 날들. 정돈되지 못했던 마음은 정돈되었고, 지쳤던 몸은 회복되었다.

그리고 다시 돌아온 일터. 조금은 길었던 공백이 있었기에 다시 돌아온 일터는 기존의 것과 조금 다르게 느껴졌다. 주중의 바쁜 일상이 주말의 여유를 극대화시키는 것처럼, 쉬어 보지 않았다면 일의 소중함도 휴식의 평안함도 몰랐을 것이다.

지치고 힘들면, 잠시 내려놓아도 된다. 내려놓아도 다시 채워질 수 있다. 물론 내가 붙잡고 있었던 것과 전혀 다른 것을 잡게 될지도 모르지만, 인생이란 연주곡 속에 중간 중간 쉼표가 섞여 있어야 더 여유로운 연주가 될 수 있다. 나의 인생 연주곡에 자주 쉼표를 찍어 주자.

늘 모든 일에는
휴식이 필요한 법!

할 수 있을까요?

돌아가고 싶은 과거.

돌이켜보면 더 잘할 수 있었던 일들.

다시 생각해도 부끄러운 실수들.

그 모든 감정을 어떤 말로도 표현하기 어려워

'후회'라는 낱말이 생겨난 건지도 모른다.

인생을 과거, 현재, 미래로 나눴을 때

그 진행이 마치 일방통행 노선과 같다는

생각을 한다.

한 번 지나가면 다시 돌아갈 수 없는 인생.

'후회'라는 낱말을 수백 번 써도

번복할 수 없는 시간들.

그리고 그러한 생각들 속에

또다시 과거로 변하는 현재의 시간들.

지나간 과거를 바꿀 수는 없지만

다가올 미래는 나, 자신에게 달려 있다.

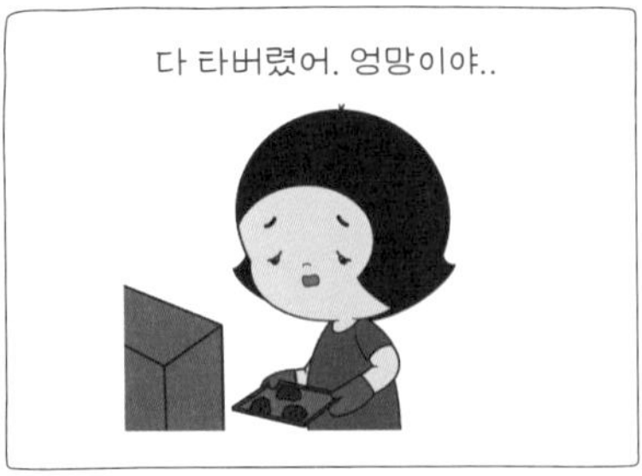
다 타버렸어. 엉망이야..

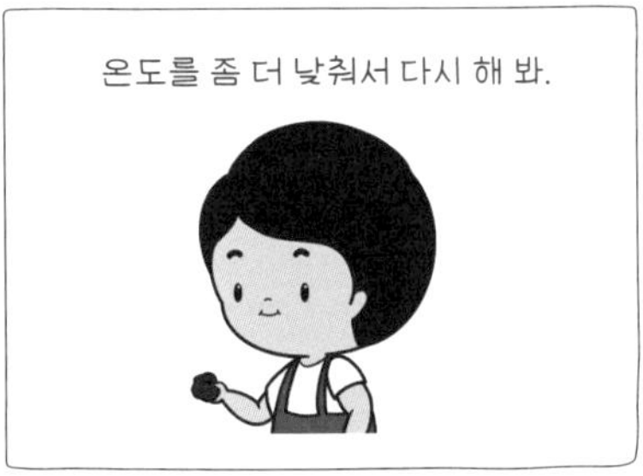
온도를 좀 더 낮춰서 다시 해 봐.

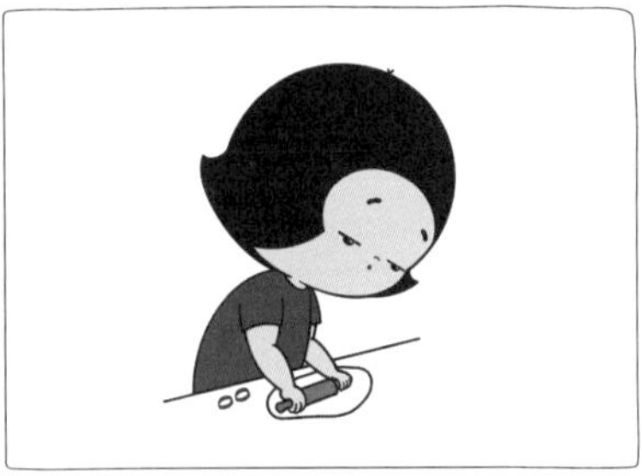

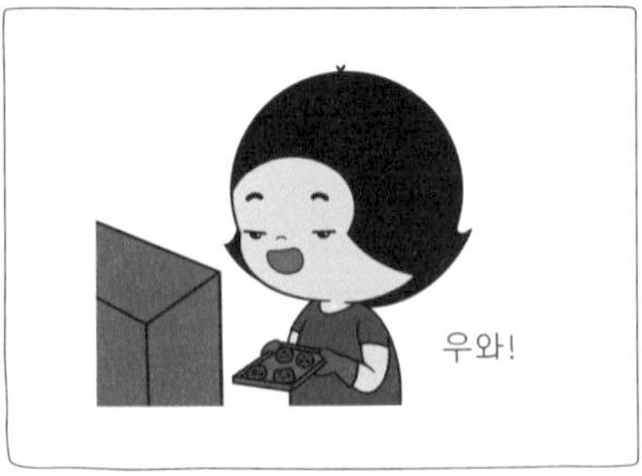
우와!

후회 말고,
다시 해 보는 거야!

선생님이 참 좋아요!

쉬는 시간, 교실은 아이들의 이야기 소리로 가득해진다. 시끌벅적한 이야기 소리를 뚫고 한 아이가 내게 다가왔다. 그리고 기분 좋은 웃음을 지으며, 내게 말을 건넨다.

"선생님, 저는 선생님이 참 좋아요!"

예상하지 못했던 말이었다. 잘 들어본 적 없는 솔직한 감정 표현이었기 때문이다. 처음 아이의 말을 들었을 때, 그 말이 귓가를 스치는 작은 바람 같다고 생각했다. 잠시 스쳐가는 가을바람 같이 기분 좋은 바람.

그 이후, 아이는 시간이 생길 때마다 내게 다가와

같은 말을 건네 주었다.

"선생님, 저는 선생님이 참 좋아요!"

아이가 건넨 말은 내게 짧고 깊은 울림으로 자리 잡기 시작했다. '좋다'라는 말이 한 번, 두 번 쌓일수록 잠시 스치는 바람이 아니라 내 마음속에 깊게 남는 감동을 주었다. 누군가의 좋아한다는 말이 이렇게 행복을 줄 수 있구나 깨닫는 순간이었다.

난 감정 표현에 익숙하지 못한 사람이다. 슬프거나 기쁜 일을 겪고 그에 대해 누군가와 이야기할 때면, 나는 주로 사실적인 서술을 하는 사람이었다. 되도록 그 사건에 대한 감정을 바라보려고 하지 않았다. 감정을 표현하게 되면 그 일에 감정적으로 몰입하게 될 것 같은 두려움 때문이었다. 특히, 화가 났던 일이나 슬펐던 일은 더더욱 그러했다.

하지만 아이의 솔직한 말을 들으며, 나 또한 일상

에서 조금씩 솔직한 감정을 드러내기 시작했다. 친구를 만나 행복한 날에는 친구에게 너와 함께 있어 행복하다는 말을 건넸다. 기분이 좋지 않아서 마음이 울상이 되는 날에는 표정과 말 속에서도 지금의 기분을 풀어 건넸다. 그렇게 감정에 솔직해지며 어쩌면 무너질까 두려웠던 내 마음은 오히려 점점 가벼워지고 있었다. 마음속에 쌓아 두기만 했던 감정이라는 짐들이 밖으로 하나씩 빠져나가며 가벼워진 것이었다. 일이 일어난 그 순간에 모든 감정을 적절한 말에 담아 쏟아내고 나니 한결 마음이 가벼워져서일 것이다.

오늘도 아이는 미소 가득한 얼굴을 하고, 내게 와서 말을 건넨다.

"선생님, 저는 선생님이 참 좋아요!"

나 또한 아이를 바라보며 미소를 지은 채, 아이에게 말을 건넨다.

"선생님도 네가 참 좋아!"

'좋다'라는 말을 들은 아이의 얼굴이 활짝 핀 꽃처럼 환하게 밝아진다. 그리고 그 아이의 감정을 본 나 또한 행복해진다. 책상 위에 놓인 거울 위로 웃고 있는 내 얼굴이 비친다. 그런 나를 보며 마음속 이야기를 건넨다.

"활짝 웃는 네 모습이 참 좋다!"

활짝 웃는 네 모습이
참 좋다!

카페라테 한 잔의 사치

'아껴야 잘산다'라는 말, 참 많이 들었고 여전히 듣고 있는 말이다. 맞는 말이다. 아껴야 잘살 수 있다. 오늘 마시지 않은 커피 한 잔이 1년 뒤 백만 원이 넘는 돈을 만들어 줄 수도 있다. 그런데 난 내가 마시고 싶은 오늘의 커피 한 잔을 그냥 마시기로 했다. 그런 생각을 품게 된 데는 가까이서 목격한 죽음이라는 경험 때문이다.

8년 전쯤, 동료가 암에 걸렸다는 소식을 들었다. 평소 식사 후 소화가 잘 되지 않는다고 했었는데, 그게 위암의 증상이었던 거다. 솔직히 너무 놀랐다. 동료는 나와 비슷한 나이였고, 그렇기에 그렇게 젊은 나이에 암이 걸릴 수 있다는 게 믿기지 않았다. 소식을 듣고 난 1년 뒤, 동료는 결국 세상과의 이별을 고했다. 예상하지 못한 죽음이었다. 죽음이 나이를 가리지 않고 누구에게나 다가올 수 있다는 것을 실감한 건 그때가 처음이었던 것 같다.

그는 누구보다 절약하는 사람이었고, 그렇기에 다른 사람들보다 빠르게 돈을 모았다. 결혼해서 살기 위해 좋은 집도 장만했지만, 그 집에 얼마 머무르지 못했다. 그날 이후로 현재의 행복을 일시정지시켜 놓고 미래만을 바라보며 살지는 않기로 했다. 어쩌면 내가 불평하고 분노했던 오늘 하루가 내 인생의 마지막이 될 수도 있다는 생각 때문이다.

마시고 싶었던 커피 한 잔을 마시지 못하고 죽는다면 너무 아쉬울 것 같다. 물론 오늘이 인생의 마지막일 수도 있고, 50년 뒤가 내 인생의 마지막일 수도 있다. 불명확한 미래니까 아껴야 한다는 말도 맞고, 아끼지 말아야 한다는 말도 맞다.

그래서 내가 내린 결론은 오늘의 카페라테를 마

시는 거다. 대신 카페라테보다 덜 행복을 주는 거, 예를 들어 누군가에게 보이기 위한 사치나 쓸데없다고 생각하는 지출은 줄이기로 했다.

이 기준은 모두에게 다를 수 있다. 나의 카페라테가 누군가에게는 가방이 될 수도 있다. 내가 말하는 건 지출의 우선순위를 두게 되었다는 거다. 그리고 그중 내게 가장 큰 행복을 주는 걸 선택해서 돈을 쓰기로 했다.

인생은 모르는 거니까.
마음속에 자신만의 카페라테가 있다면,
때때로 카페라테 한 잔의 사치로
행복을 느낄 수 있다면,
그 정도는 스스로에게 허락해 주는 게 어떨까.

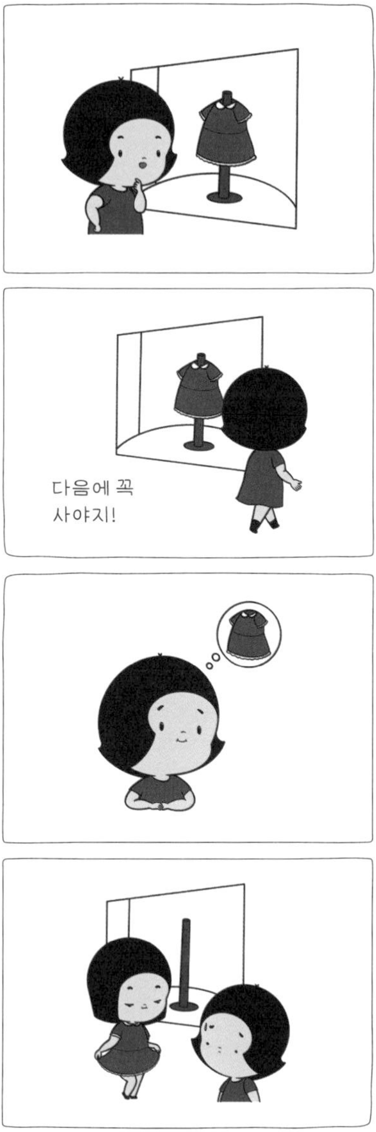
다음에 꼭
사야지!

기회가 있을 때
미루지 않기.

◦ PART 4 ◦

오늘도 중심을
잡는 중입니다

행복을 위한 마스터키

몇 해 전, 하루 정도가 지난 새우 김밥을 먹고 온몸에 두드러기가 난 적이 있다. 새우가 상했던 것이다. 온몸이 가렵고, 견딜 수 없을 만큼 고통스러웠다. 곧바로 병원을 찾았고, 두드러기가 사라지기까지 약 한 달 동안 병원을 다니며 약을 먹어야만 했다. 그날 이후, 새우가 들어간 음식을 먹는 게 두려워졌다. 혹시나 또다시 탈이 날까 봐.

그렇게 새우를 다시 먹게 되기까지 반년이라는 시간이 걸렸다. 좋은 경험은 행복이란 감정을 만들지만, 힘들었던 경험은 두려움과 불안이라는 감정을 만든다. 결국 과거에 겪었던 것과 비슷한 상황이 왔을 때 기억 속 감정들이 떠오르게 된다. 그것이 행복이라는 감정이라면 좋겠지만, 두려움과 불안이라면 앞으로 나아가려는 마음에 브레이크를 건다.

과거에 힘들었던 경험 때문에 두려움과 불안이 앞선다면, 그 원인을 찬찬히 생각해 보자. 어쩌면 크게 느껴지던 원인이라는 건, 생각보다 별것 아닐 수 있다. 두드러기의 원인이 새우 자체가 아니라 상한 새우 때문이었던 것처럼 말이다.

원인은 기억하고, 상처는 치료하자.
그래야 새로운 경험이 찾아올 수 있으니까.

새로운 경험을 위해
지나간 아픔은 잊자.

경험이 주는 힘

보이지 않았던 걸 보게 해 주는 힘.
누군가를 이해할 수 있게 해 주는 힘.
그 힘은 경험으로 만들어진다고 생각한다.

대학원 시절, 한문학 강의를 들은 적이 있다. 의도하지 않았으나 졸업을 위한 필수 과목이라 수업을 듣게 되었다. 교수님은 수업의 교재로 한문이 빼곡하게 채워진 소학과 대학을 제시했다. 수업의 제목과 너무도 일치하는 내용의 교재였다.

문제는 내가 한문을 잘 모른다는 것이었다. 일상에서 주로 사용되는 한자야 어느 정도 안다지만, 옛 선인들이 사용했던 교재의 한문은 검은 것은 글씨요, 흰 것은 종이였다. 하나도 모르겠는 백지상태의 머릿속에서 그 검은 것들을 연결하여 뜻을 풀이해야 하는 상황에 다다랐다. 수업에서 느끼는 극도의 불안은 내가 모르는 것처럼 보였을 때 교수님께서 나를 지명해 해석을 시킬 수도 있다는 것이었다.

'모르면 시킨다'라는 생각이 들자 그 누구보다도 수업에 집중하기 시작했다. 눈은 정면을 향하고 교수님을 바라보았다. 하지만, 그 어떤 것도 이해되지 않았기에 머릿속으로는 수많은 다른 생각을 했다. 그것이 내가 그 학기의 수업을 넘긴 방식이었다. 오랜 시간이 지난 지금, 그때 그 과목에서 어떤 학점을 받았는지는 기억나지 않는다. 단지, 그때의 그 불안했던 느낌만 남아 있을 뿐이다.

학교에서 아이들과 생활하다 보면 그때의 나를 보고 있는 듯한 느낌을 받을 때가 있다. 눈으로는 언제나 고개를 끄덕이지만, 실상 물어보면 아무것도 알지 못하는 아이. 그 아이를 이해하게 된 건, 나에게 대학원에서의 끔찍했던 한 학기가 존재했기 때문이다. 나의 경험으로 그 아이의 마음을 공감할 수 있기에 아이가 모르는 것을 다시 짚고 넘어간다. 물론 아이의 마음속에서 내가 대학원에서 만난 공포의 교수님으로 남지 않기를 바라면서 말이다.

내가 경험해 보지 않은 것을 가지고, 누군가를 이해할 수 없다. 머리로는 알지만 마음으로 공감하기는 어렵다. 경험이라는 건, 많은 사람들을 이해하고 함께 어울려 살아가기 위해 필요한 필수 과목이라고 생각한다. 하나의 과정에서 그 과정에 기대했던 경험이 얻어지지 않았을 수는 있지만, 그 이상으로 교직 생활에 큰 도움이 되는 경험을 얻었다.

삶이라는 건 예상하지 못한 과정 속에서 예상하지 못한 경험을 얻고, 그 속에서 누군가를 이해하고 공감하게 되는 것. 그렇게 함께하게 되는 것.

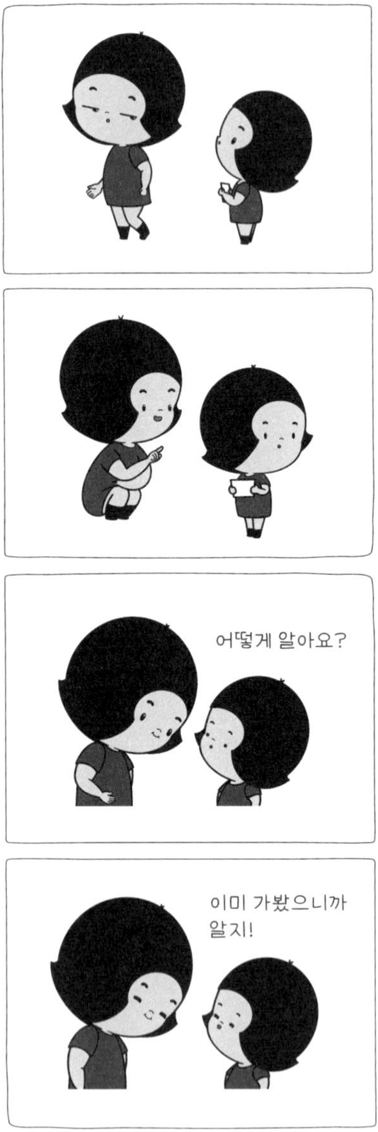
어떻게 알아요?
이미 가봤으니까
알지!

삶이라는 건 경험을
통해 배우고
나아가는 것.

참지 마, 솔직해져도 돼

어릴 적, 갈등 상황이 생기면 늘 들었던 이야기는 “네가 참아야지”였다. 두 살 터울인 오빠와 다투었을 때에는 ‘내가 더 어리기 때문’에 참아야 하는 건 내 쪽이었다. 어른들의 논리를 이해할 수 없어 대들기라도 하면 불호령이 떨어지기 일쑤였다. 왜냐하면 나는 어렸고, 그래서 참아야만 했기 때문이다.

어리기 때문에,
아직 모르는 것이 많기 때문에,
어른들의 말을 따라야 하기 때문에,
‘때문에’로 마무리되는 여러 이유들로
나는 참아야 했다.

또 하고 싶지 않은 일도 해야만 했다. 정확한 이

유를 묻는 것은 암묵적으로 금지된 거였다. 어릴 적 같은 집에 살았던 외삼촌들은 늘 내게 하기 싫은 심부름을 시키곤 했다. 정말 가기 싫어서 가기 싫다고 하면 불호령이 떨어졌다. 다 싫다고, 너무너무 싫다고 울기라도 하면 오히려 더 크게 혼나곤 했다. 그래서 언제부터인가 그것이 당연한 줄 알았다. 어른이 시키면 하는 거고, 옳지 않은 것도 어른이 말한 거니까 다 옳은 거고, 내가 잘못 판단한 것이라고 생각했다.

때때로 마음속에서 올라오는 반발심을 다독일 수 있었던 건 나도 어른이 된다는 사실이었다. 어른이 되면 내가 이해할 수 없었던 것들을 모두 이해할 수 있고, 나 또한 부모님과 삼촌들이 그랬던 것처럼, 어른들의 비논리적인 것들을 논리적으로 납득하게 되리라고 생각했다.

대학교에 가면, 취직을 하면….

그때는 참지 않아도 되는 그런 순간이 올 거라는

희망, 작은 믿음.

'조금만 더'라는 믿음으로
마음속의 여러 가지 생각들을 꾹꾹 눌러 담았다.
하고 싶은 말을 참고,
하고 싶은 일을 참고,
하고 싶지 않은 모든 것들을 참았다.

하지만, 어른이 되어서도 들어야 하는 말은 '참아야지'였다. 어른이기 때문에, 책임져야 할 것이 많기 때문에. 미래에 대한 작은 믿음이 깨진 순간, 참아야 하는 이유에 적절한 논리성은 없다는 것을 깨달았다. 그리고 참는 것에 정해진 기한이 없다는 것도. 어른들이 내게 참아야 한다고 말했던 건 그들의 일상이 늘 그와 같았기 때문이었다. 그들도 단순히 어른에게 순응하며 살아왔기에, 나보다 윗사람의 말을 따르는 삶을 살아왔기에, 자신보다 어린 이들에게 이해되지 않는 행동들을 강요한 것이었다.

내가 경험한 어른의 삶이란 월급을 위해 참고, 체면을 위해 참고, 온전한 인간관계를 위해 참는 것뿐이었다.

가끔 참지 않는 사람들을 만나기는 하였으나, 대부분은 따르지 않는 그들을 아웃사이더로 취급하기 일쑤였다. 하지만 난 더 이상 참고 싶지 않았다. 그 인사이더와 아웃사이더의 차이가 과연 무엇이란 말인가. 아웃사이더가 틀 밖에 머문 사람들이라면 틀 밖에 머물며 더 넓은 세상에서 많은 경험을 할 수 있는 것 아닌가.

참고 참았던 마음이 가득 차오른 순간 터지고 말았다. 결국 가슴속 깊이 막아 둔 마개를 따고, 속에서 흘러넘치는 것들을 밖으로 꺼내놓기 시작했다. 그 시작은 "싫어요!"였다. 어떤 말로도 부정적인 표현을 예쁘게 포장하는 것은 어렵기에 나의 "싫어요!"는 담백했고, 깔끔했다. "싫어요!"의 발전은 "저는 그렇게 생각하지 않아요!"였다. 그렇게 변한 나의 표현은 점점 예의를 갖춘 거절이 되었다.

그런 내 모습에 주변 사람들은 꽤나 당황스러워했다. 하지만 나는 그런 내 모습이 꽤나 마음에 들었다. 앞으로도 좀 더 솔직해지려 한다.

참지 마, 마음에 담지도 마.
그냥 네가 하고 싶은 걸 하면서 살아.
당당하게.

참지 마,
그래도 괜찮아.

나를 찾아서

〈행복을 찾아서〉는 윌 스미스 주연의 영화로, 금융인 크리스 가드너의 실화를 바탕으로 만들어졌다. 주인공은 생계유지를 위해 여러 가지 경제활동을 하지만, 번번이 실패한다. 결국 노숙자 신세에 이르게 되지만, 본인의 힘든 상황 속에서도 아들에게 절대로 꿈을 포기하지 말라고 이야기한다.

"넌 못할 거란 말, 절대 귀담아 듣지 마. 그게 아빠 말이라도. 알겠지? 꿈이 있다면 그걸 지켜야 돼, 꼭."

마치 무너지고 싶지 않은 주인공이 스스로에게 외치는 마지막 절규처럼 들렸다. 절망적인 상황에서 주인공이 버틸 수 있었던 건 미래에 대한 희망이었다.

나의 오랜 꿈은 나의 이야기를 책으로 출판하는 거였다. 그런 내게 지인들은 쉽지 않을 거라고 했다. 그들의 말이 맞았다. 쉽지 않은 일이었다. 여러 곳의 출판사에 원고를 투고했지만, 결국 되돌아오는 거절 속에 내 안에 있던 희망의 불꽃은 점점 꺼져 갔다. 힘든 시간이었다. 하지만 포기하고 싶지는 않았다. 그런 내게 힘이 된 건 조금씩 그림을 그리며 나의 이야기를 나누는 일이었다. 그림을 그리고, 글을 쓰며 SNS에 올리기 시작했다. 그렇게 2년여의 시간이 흘렀고, 결국 나는 지금 이렇게 책을 만들고 있다.

누군가 당신에게 못할 거라고 한다면, 그걸 증명할 수 있는 사람은 당신뿐이다. 그 말이 거짓이라는 것을 증명할 수 있는 것도 당신이고, 진실을 증명하는 것도 당신이다. 멈추지 않고 올바른 방향으로의 노력을 계속한다면, 언젠가 당신의 꿈은 이루어질 것이다. 그러니 다른 이의 말 때문에 당신이 할 수 있는 당신만의 꿈을 놓지 않았으면 좋겠다.

만약 포기하고 싶은 순간에 머물고 있다면 마음 속에 간직한 꿈을 다시 한번 종이에 써서 스스로에게 읽어 주자. 힘들 때 버티게 해 줄 꿈 하나 있다면, 결국에는 어두운 터널을 지날 수 있을 것이다.

꿈을 찾았다면
놓치지 말아요.

말하는 대로

"힘들어서 죽을 것 같아. 다 망했어. 내 인생이 늘 이렇지. 난 정말 쓸모없는 인간 같아."

지인 중에 일이 풀리지 않을 때마다 세상의 모든 부정적인 말들을 인생으로 끌어들이는 사람이 있다. 만날 때마다 늘 정말 힘들어서 죽을 것 같은 표정과 말투로 말을 한다. 그리고 그 말이 그 사람의 인생을 이끄는 건지는 모르겠지만, 정말로 하려는 일마다 힘든 일이 따라붙는 것 같다.

우리는 종종 일이 잘 풀리지 않을 때, 아무 생각 없이 말을 내뱉을 때가 있다. 무심결에 내뱉은 말은 힘든 현실을 더 힘들다고 증명하는 꼴이 되어, 나를 옭아매는 족쇄가 된다. 그 족쇄로 인해 힘듦은 더 큰 힘듦으로 다가온다.

만약 말하는 대로 모두 이루어지게 된다면, 과연 그런 말을 아무렇지 않게 내뱉을 수 있을까. 말에 힘이 있고, 말이 입에서 나가는 순간부터 모두 이루어지게 된다면 어떤 말들을 내뱉게 될까. 과연 지금의 이 말들을 모두 똑같이 할 수 있을까.

"말하는 대로 될 수 있다곤 믿지 않았지, 믿을 수 없었지…"

지금은 종영한 〈무한도전〉이라는 TV 프로그램에서 나왔던 〈말하는 대로〉라는 노래 가사다. '말하는 대로 이루어진다'는 많은 책들과 방송에서도 언급된 말이다. 정말 말하는 대로 이루어질 수 있다면, 우리는 어떤 말을 하게 될까?

말에는 힘이 있다고 한다. 그러니 그 말의 힘을 무시하지 않았으면 좋겠다.

"잘될 거야. 모든 게 잘될 거야."

마치 듣는 누군가가 있는 것처럼 중얼거려 본다. 잘되리라고, 꼭 이루어지리라고.

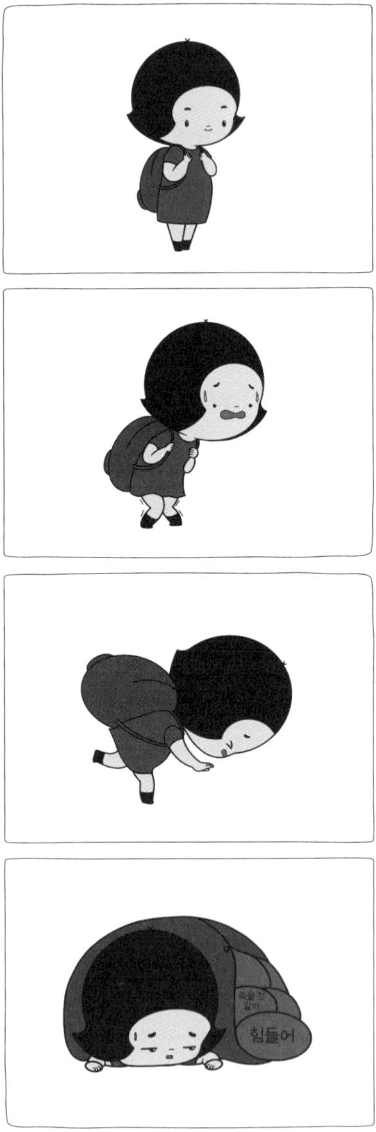
죽을것 같아
힘들어

내가 하는 말들이
결국 나를 만드는 것.

서두르지 않아도 돼

난 조급한 성격이다. 그렇기에 어떤 일을 하다가도 다른 일이 생각나면 기존에 하던 일을 제쳐 두고 다른 일을 먼저 시작한다. 취미 생활도 마찬가지다. 하나를 배우다가 배우는 속도가 더디거나 더 재미있어 보이는 게 눈에 띄면 다른 걸 시작하고는 했다. 그렇게 십자수를 배웠고, 필라테스를 배웠고, 캘리그라피를 배웠다. 그 이외에도 수십 가지의 취미를 섭렵했다. 하지만 빠르게 늘지 않는다는 이유로 배움을 멈추기 일쑤였다. 그러다 보니 난 언제나 '초보자'의 자리에 머물고 있었다. 나의 성장이 더딘 것이 내가 재능이 없기 때문이라고 생각했다.

재능이라는 것을 찾으며 이것저것 기웃거리기만 했던 것이다. 그러다 3년 전, 그림을 배우기로 결심했다. 그렇게 매일 조금씩 꾸준히 해 보기로 마음먹은 그림은 이제 평생 취미이자 좋은 친구가 되었다. 사실 처음에는 그림이 늘지 않아 많이 힘들었다. 잘 그려질 때는 재미있었지만, 낯선 것을 그리려고 할 때면 머뭇거려지며 그림 그리는 걸 피하고 싶었다. 그럴 때마다 스스로를 다독인 건 그림은 내가 평생 함께할 친구 같다는 생각 때문이었다.

그런 생각이 자리 잡자 마음속에 가득했던 잘해야겠다는 부담감과 빨리 실력을 늘려야 한다는 조급함이 편안함으로 바뀌어 갔다. 그렇게 조금씩 천천히 그림을 그리던 내가 이렇게 그림과 글을 담은 책을 써 가고 있다. 하루하루 부었던 물 한 방울이 모여 이룬 성과다.

지금도 나의 그림 실력은 아주 조금씩 발전하고 있다. 그림이라는 친구가 어느새 내 삶의 일부가 되어가는 요즘, 이제 다른 취미도 하나 만들어 보려고 한다. 하나의 취미를 완성하는 것은 어려웠으나 그

취미가 내 삶 속에 자리 잡고 나자 그림은 빠르게가 아닌 천천히 알아 가고 싶은 좋은 친구가 되었다.

이루고 싶은 꿈이 있다면, 매일 조금씩 노력이라는 물 한 방울을 모아 보자. 그렇게 쌓인 물 한 방울이 꿈이라는 바다를 완성해 줄 것이다. 먼 미래를 생각하지 말고, 오늘 하루만을 생각하며 시도해 보자. 너무 많은 날을 생각하면 걱정이 앞서서 도전을 시작할 수가 없다. 서두르지 않아도 멈추지 않는다면 언젠가 머릿속으로만 그렸던 꿈이 현실이 되는 순간이 올 것이다.

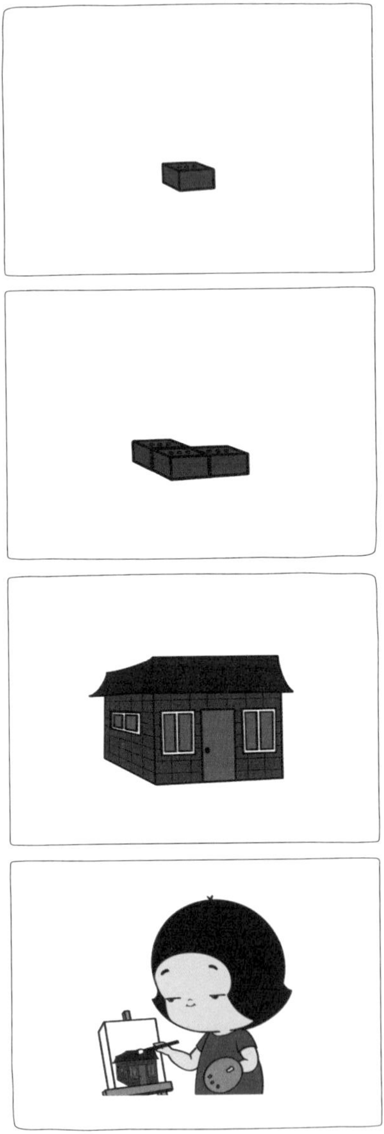

멈추지 않는다면
이루어질 거야.

진심의 한마디

늦은 밤, 친구에게 전화가 걸려 왔다. 술기운 가득한 친구의 목소리에는 힘이 하나도 담겨 있지 않았다. 친구는 직장에서의 인간관계가 너무 어렵다고 했다. 자신에게 함부로 하는 선배가 있는데 그로 인해 회사에 가는 게 너무 싫다는 것이다. 힘들다는 말과 함께 친구는 스스로를 자책했다. 정말로 자신의 대인 관계 능력이 부족한 건지도 모르겠다는 것이다. 내가 본 친구는 늘 예의 바르고 이치에 맞는 행동을 하는 사람이다.

"너에게 문제가 있다고 자책하지 마. 그냥 너와 맞지 않는 사람을 만난 걸 수도 있어."

나 또한 비슷한 경험을 하고 있던 시기였기에 친

구의 말이 공감되었고, 그래서 마음을 담아 말해 주었다. 하지만 이미 지칠 대로 지쳐 버린 친구의 마음에 나의 말은 닿기지 않았다.

쉽사리 자책을 떨쳐 버리지 못하는 친구를 보며 〈마이 매드 팻 다이어리〉라는 영국 드라마의 한 장면이 떠올랐다.

주인공 레이는 외모 콤플렉스를 가진 인물이다. 어느 날 레이는 상담사인 케스터와 상담을 진행하게 된다. 레이는 케스터에게 자신의 부족한 점에 대해 끊임없이 강조한다. 이를 보던 케스터는 레이에게 그런 생각을 품게 된 어린 시절을 떠올려 보라고 한다. 레이가 자신의 어린 시절을 떠올리자 케스터는 상상 속의 아이에게 당신이 방금 스스로에게 했던 말을 건네라고 한다. 하지만 레이는 결코 그 말을 꺼내지 못한다. 오히려 어린 자신을 위로한다. 잘할 수 있다고. 넌 멋진 사람이라고… 케스터는 레이에게 말한다. 당신이 지금 했던 그 말을 지금의 당신에게도 해 줘야 한다고.

〈마이 매드 팻 다이어리〉의 장면을 떠올리며 친구에게 위로를 건넸다.

"내가 힘들 때 네가 나에게 해 줬던 말 기억나? 넌 좋은 사람이라는 말. 지금 그 말을 다시 너한테 해 주고 싶어."

친구는 잠시 말을 멈추더니 이내 전화기 너머로 흐느끼기 시작했다. 그렇게 몇 분의 시간이 흐른 뒤, 친구는 조금 진정된 목소리로 "고맙다"는 말을 전하며 전화를 끊었다.

그러고 보면 우리는 다른 사람들에게는 '괜찮아, 잘 될 거야. 걱정하지 마', '넌 좋은 사람이야'와 같은 말을 쉽게 건네면서도, 스스로에게는 참 매정하다. 나에게도 위로가 필요하고, 용기가 필요하고, 따뜻한 말 한마디가 필요하다. 내가 내게 건네는 진심의 한마디가.

"괜찮아. 잘할 수 있어. 넌 충분히 멋진 사람이야."

스스로를 아껴주기!

인생과 그림의 공통점

나는 종종 그림을 그린다. 아직 전문가 수준은 아니지만, 그림이 가진 매력 때문에 그림과 친해지려고 노력 중이다. 그림을 그리다가 문득 그림이 인생과 많이 닮았다는 생각이 들었다.

하나. 하루가 쌓여 멋진 작품을 완성한다.

하루가 모여 한 달이 되고 12달이 모여 1년이 된다. 1년이라는 시간이 여러 해 쌓이면 누군가의 인생이 완성된다. 그림도 하나의 선으로 시작된다. 그리고 선들이 쌓이며 멋진 작품이 만들어진다. 처음에는 무엇을 그리는지 알 수 없던 스케치도 노력을 들이면 멋진 작품이 되는 것처럼 인생 역시 마찬가지다.

둘. 밝음과 어둠이 함께한다.

겉에서 볼 때 늘 행복해 보이는 사람이 있다. 세상을 살며 걱정거리 하나 없을 것 같은 사람. 하지만 터놓고 이야기해 보면 밝아 보이기만 했던 겉모습 속에 다른 사람은 알 수 없는 고민과 슬픔이 존재함을 깨닫는다.

세상 사람들 중 고민 없는 사람이 있을까? 고민의 경중이 다를 뿐이지, 사람들은 걱정거리 하나쯤은 필수품처럼 갖고 있다.

그림 속 빛과 어둠, 명암. 빛이 존재하는 곳에 어두움이 존재하고 어두움을 따라 그림자가 생긴다. 명암을 잘 드러낸 그림일수록 입체감을 더 잘 드러낼 수 있다. 그림의 완성도를 높여주는 것이 명암인 것처럼 인생에 찾아오는 어둠은 성숙한 인생을 만들어 준다.

셋. 나에게 달려 있다.

어떤 인생을 살 것인가와 어떤 그림을 그릴 것인가는 모두 나에게 달린 일이다. 태어나며 가진 조건은 바꿀 수 없지만 인생의 목표와 방향은 스스로 정할 수 있다. 그림도 내가 정한 주제와 소재를 통해 개성 있는 그림이 완성된다.

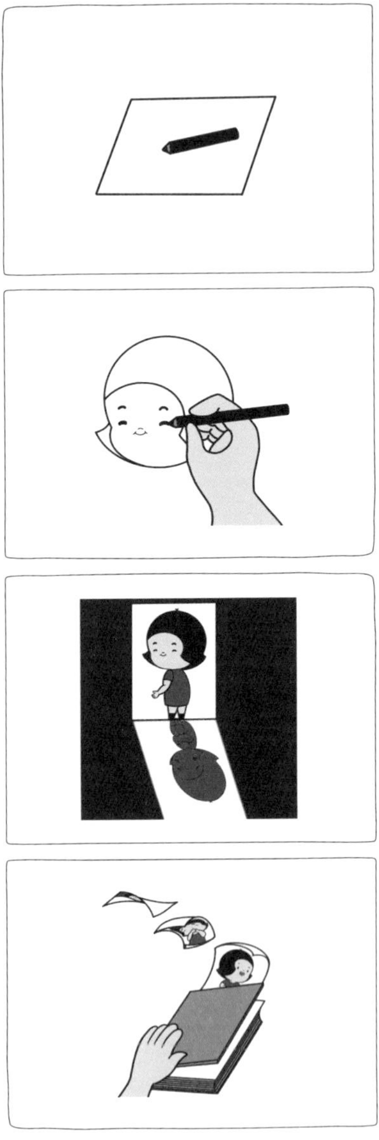

멋진 인생을
완성하기 위해
오늘이라는 그림을
멋지게 그려 보자.

우선순위

친한 언니가 부동산으로 돈을 벌었다는 소식을 듣고, 괜히 서점에서 부동산 책을 살펴보게 된다. 생전 관심도 없던 책을. 그리고 연일 뉴스와 신문에 등장하는 '동학개미운동' 기사를 보면서 나도 모르게 유튜브에서 주식 관련 내용을 찾아보게 된다. 또 한 지인이 틱톡으로 한 달 만에 30만 명의 팔로워를 모았다고 하니, 자연스레 핸드폰에 틱톡 앱을 설치한다.

누군가의 성공 소식에 마음속 조급함이 싹튼다. 나도 서두르면 그 성공을 손에 잡을 수 있을 것 같다. 아니, 서두르지 않으면 뒤처질지도 모른다는 생각에 두려워진다.

결코 지금의 삶이 부족해서 다른 것들을 찾는 게 아니다. 그들의 말을 들으며 내 삶의 부족함이 눈에 띄게 된 것이다. 내 것의 부족함이 아닌, 그들과 비교했을 때 느껴지는 부족함. 마치 그들이 평균값이 되는 표본 집단 같고, 나는 낙오된 사람인 것 같은 기분. 꼭 해야 하는 게 아니면서도, 나도 뭔가를 해야만 한다는 생각 속으로 점점 빠져든다. 그렇게 다른 사람들의 삶을 기웃거리게 된다.

누군가의 발자국을 따라 정신없이 지내던 어느 날, 뒤죽박죽되어 머리가 지끈거리는 것을 느끼며 지금 내가 무엇에 집중하고 있는지 적어봤다.

현재 필요한 것이 아니다, 지운다.
잘할 수 있는 게 아니다, 지운다.
좋아하는 게 아니다, 지운다.
그럼에도 자꾸 보게 되는 것들.

정작 중요한 것이 무엇인지도 명확하지 않으면서

이것저것 두리번거리느라 무엇 하나 제대로 손대지 못한다. 종이 위에 조금 전에 지웠던 자국을 남기고, 그 위에 내가 소중하다고 생각하는 것들을 다시 적어본다.

소중한 사람들의 건강과 행복.
그림을 그리고 글을 쓰는 작가로서의 삶.
커피 한 잔을 마음 놓고 마실 수 있는 여유.
꼭 많은 돈이 없어도 누릴 수 있는 행복.

그렇게 소중한 것들을 적은 종이를 다이어리의 맨 앞 장에 잘 붙여놓는다.

잊지 마, 네가 정말 원하는 거.
조급함에 쫓겨 달려가는 삶이 아닌,
소중한 것들을 누리며 사는 것.

잊지 마.
네가 정말로
원하는 것.

북은 니 꺼여,
눈치 보지 말고 마음껏 쳐

"왜 남한테 장단을 맞추려고 하나. 북 치고 장구 치고 니 하고 싶은 대로 치다 보면 그 장단에 맞추고 싶은 사람들이 와서 춤추는 거여."

유튜버 박막례 할머니의 책 《박막례, 이대로 죽을 순 없다》에 나오는 글이다. 박막례 할머니는 100만 명이 넘는 구독자를 가진 유튜버로, 유튜브를 시작하게 된 건 치매 위험 진단을 받은 할머니를 향한 손녀의 권유에서였다. 할머니의 유튜버로서의 도전이 처음부터 순탄했던 것은 아닐 것이다.

할머니의 도전을 보며, 나의 도전을 돌아봤다. 나이가 들어가며 도전에 따른 실패가 점점 더 두려워졌다. 20대 초반에는 열정이라고 포장했던 다양한 시도가 이제는 두려움에 휩싸여 있다. 책임져야 할 것이 많다는 건 그만큼 주변의 시선을 신경 써야 한다는 것이다. 그리고 도전했을 때 실패한다면 그 도전의 결과로 책임져야 할 것들이 많아졌다는 뜻이다.

사람들이 정해 놓은 평균값 같은 일상을 보내야 한다는 생각도 이러한 머뭇거림에 한몫했다. 학생은 공부해서 대학에 가야 하며, 대학을 졸업하고 취업을 해야 하며, 나이가 들면 결혼을 하고, 책임져야 하는 가정에 충실해야 한다. 사회에서 만들어 놓은 기준으로서의 울타리를 넘어 그것과 조금 다른 행동을 취한다는 건 누군가의 곱지 않은 시선을 받는다는 것이다. 그리고 이러한 곱지 않은 시선은 사회 속에서 살아가는 나에게 머뭇거려야만 하는 충분한 이유가 되었다.

그러나 박막례 할머니의 도전을 보며, 나이가 들어감이라는 말이 무색해진다. 거침없는 말솜씨와 속 시원한 사이다 발언. 직지 않은 나이지만, 젊은 사람도 따라 하기 힘든 다양한 도전을 하고 계신다. 도전이라기보다는 놀이라고나 할까. 일상을 꾸미는 여러 일들을 하시며, 그 속에서 행복해하시는 모습. 마치 내가 전부라고 생각했던 인생의 평균값이라는 울타리 밖에 또 다른 세상이 있음을 보여주는 것 같았다.

어쩌면 내 인생의 가장 젊은 날, 다른 사람의 시선을 의식하며 정해진 울타리 안에 머물기보다는 그걸 벗어나 좀 더 다양한 인생을 경험해 보고 싶어졌다. 인생은 한 번뿐이니까. 남들이 뭐라 하든 말든 뭐 어떤가. 실수하면 어떻고, 실패하면 어떤가. 그 과정 속에서 성공할 수도 있는 것인데. 성공의 기준과 실패의 성과물을 어떻게 찾을 수 있을까. 목적으로서의 도전이 아니라 과정으로서의 도전을 꿈꾼다면 생각의 틀을 다시 맞춰 새로운 길을 걷는 것 자체가 성공인 것이다. 결과로서의 도전을 하지 말고, 과정으로서의 도전을 하자. 그리고 그 과정 속에서 행복을 찾아보자.

도전에 대한 실패가 두렵지만, 도전을 멈춘 후회도 두렵기에 한 걸음씩 내디뎌 보려 한다. 내 인생은 내 거니까. 그러니까 마음껏 쳐 보는 거지, 뭐!

그저 가고 싶은 길을
걷는 거야.

나에게 사과하기

"성규야, 미안하다. 생각보다 넌 괜찮은 친구였는데, 내가 너무 무시했던 것 같아. 지금까지 잘해 줬고, 수고했다. 네가 나여서 너무 좋아."

2019년, MBC 방송연예대상에서 한 장성규의 수상 소감이다. 무시했던 과거의 나에게 현재의 내가 건네는 사과. 수상 소감을 듣는 순간, 가슴이 뭉클했다. 마치 나에게 해 주고 싶었던 말을 다른 이의 입을 통해 듣고 있는 기분이었다.

과거의 나 또한 스스로를 무시했었다. 성과가 나오지 않는 도전과 노력에 실망했고, 남들과 비교하며 스스로 비참함을 선택했고, 나를 향한 칭찬에는 인색했다. 과거의 나는 스스로에게 그것밖에 하지 못하냐며 자책하는 날들이 많았다. 그랬던 나의 모습이 떠오르며 과거의 나에게 미안해졌다.

돌이켜보면 성과가 나오지 않았음에도 끊임없이 도전했고, 남들과 비교함에도 꿋꿋하게 버텼고, 인색한 칭찬에도 새로운 하루를 시작할 힘을 냈던 나였는데 말이다.

'미안하다'는 말, '네가 나여서 참 좋다'는 말, 아직 친숙하지 않지만 이제부터는 나에게 조금씩 말해 주려고 한다.

"네가 나여서 참 좋아. 고마워. 앞으로도 그렇게 나로 있어 줘."

앞으로도 그렇게
나로 있어 줘.

원에서 중요한 건 중심

수학 시간, 아이들과 컴퍼스를 이용해서 원을 그린다. 컴퍼스를 처음 사용해 보는 아이들은 그 사용법부터 헤매기 시작한다. 원하는 반지름의 크기를 생각하고, 컴퍼스의 조이개를 조인다. 이렇게 준비된 컴퍼스의 바늘 부분을 종이에 고정한다. 고정한 컴퍼스의 손잡이를 잡고 크게 한 바퀴 돌린다.

"선생님, 알려 주신 대로 했는데 자꾸만 원이 삐뚤어져요."

자세히 살펴보니 원의 중심이 되는 바늘이 움직인 게 보인다. 컴퍼스를 잡고 있던 손이 흔들렸거나 종이가 움직였던 모양이다.

원을 그린다는 건 처음에 찍었던 원의 중심을 흔들리지 않게 단단하게 고정하는 것에서부터 시작된다. 그럼 누구든 원하는 모양의 원을 완성할 수 있다. 하지만 자꾸만 모양이 틀어진다면, 중심을 제대로 잡지 못한 것이다.

인생도 마찬가지다. 제대로 된 나만의 인생을 만들고 싶다면, 중심이 흔들리지 않아야 한다. 다른 사람의 말에 흔들리지 말아야 하고, 내가 원하는 방향이 있다면 원하지 않는 환경이 다가와도 중심을 잃지 말아야 한다.

다른 사람이 만들어 줄 수 없는 나만의 인생을 완성하기 위해서는 누군가에게 흔들리지 않는 나만의 인생관과 가치관이 필요하다. 다른 사람의 도움을 받을 수는 있지만, 그것이 내 것이 될 수는 없다.

원의 중심이 흔들릴 때
온전한 원이 그려질 수 없듯,

인생의 중심에 내가 서지 못하면
온전한 인생이 만들어질 수 없다.

만약 내 인생이 흔들리고 있다는 느낌이 든다면
나의 중심이 흔들리고 있는 건 아닌지 살펴보자.

원에서 중요한 것도,
인생에서 중요한 것도 중심이다.

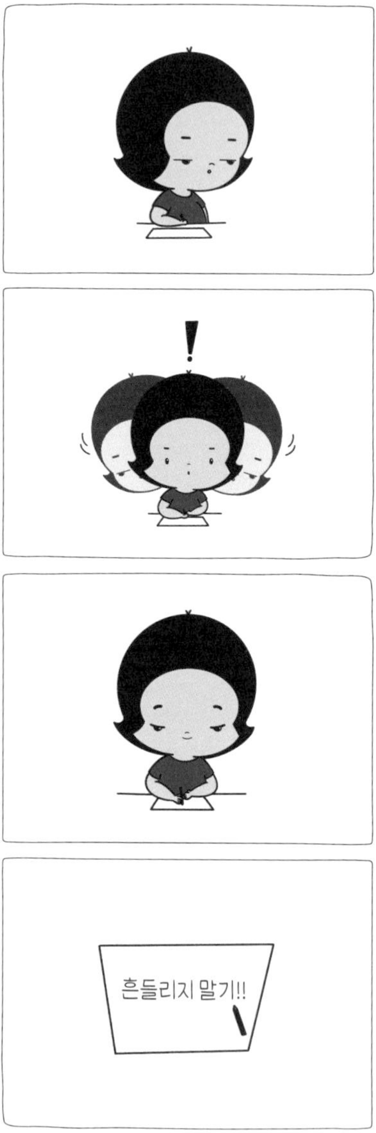
흔들리지 말기!!

원도 인생도
중요한 건
중심이니까!

당신만의 줄무늬 스타킹을 신어요

대담하게 살아요.

안주하지 말아요.

줄무늬 스타킹을 당당하게 신어요.

아직 기회가 있다는 건 감사한 일이에요.

-영화 〈미 비포 유〉 중

영화 〈미 비포 유〉를 보다가 마지막 장면에서 울컥했다. "줄무늬 스타킹을 당당하게 신어요"라는 말이 마치 "당신이 살고 싶은 모습으로 살아요"라는 말로 들렸기 때문이다.

학창 시절, 한동안 '빨간 머리 앤'에 푹 빠졌던 적이 있다. 앤의 생각과 말투, 외모까지 모두 동경의 대상이 되었다. 그리고 앤처럼 빨간 머리를 가지고 싶다는 생각이 절정에 이르렀다. 하지만 실행에 옮기지는 못했다. 우스꽝스러울까 봐. 학생은 그러면 안 될 것 같아서.

어른이 되어서 이런저런 규칙들은 사라졌지만, 난 아직도 실천하지 못하는 '빨간 머리'를 많이 가지고 있다. 우스꽝스러울까 봐. 어른은 그러면 안 될 것 같은 생각이 마음 한곳에 행동의 잣대로 작용하기 때문이다. 누군가 그런 식으로 내게 말한 적은 없지만, 어른이 되며 스스로 정해 놓은 생각의 틀 안에서 결정을 내리는 일들이 많아졌다.

그런 내 모습이 예전에 〈어쩌다 어른〉이라는 프로그램에서 봤던 '밧줄에 묶인 코끼리'를 연상시켰다.

어릴 적 밧줄에 묶여 도망갈 수 없었던 경험을 가진 코끼리는 어른이 되어서도 자신을 묶고 있는 밧줄을 끊으려 하지 않는단다. 몸집이 커졌기에 밧줄을 끊어 낼 수 있는 충분한 힘을 지니고 있지만, 어릴 적부터 가지고 있던 생각의 틀 때문에 더 이상 밧줄을 끊어 내려 시도하지 않는 것이다.

코끼리의 밧줄이 내가 기존에 가지고 있던 생각의 틀과 다르지 않았다. 나 역시 자유롭게 하고 싶은 것들이 많은데도, 주변을 의식하는 생각 밧줄 때문에 새로운 도전을 머뭇거리고 있는 건 아닐까. 이제 그런 생각들을 조금씩 끊어 보려 한다. 쉽지는 않겠지만, 조금씩 천천히.

당신만의 줄무늬 스타킹을 신어요.
기회가 있다는 건 감사한 일이니까요.

나만의 색깔로
나만의 삶을 살기.

늦었다는 말, 믿지 마

지난 6월 말, 학교 텃밭에 옥수수 모종을 심었다. 수업 중, 옥수수와 관련된 동요를 부르다가 옥수수가 자라는 걸 직접 보고 싶다는 아이들의 말이 그 시작이었다. 학교에 텃밭이 있으니, 서두르면 도심에서 자라는 옥수수를 아이들에게 직접 보여줄 수 있을 것 같았다. 인터넷으로 주문한 모종을 받아 들고, 텃밭에 땅을 파고 10개 정도 되는 옥수수 모종을 심는데, 그것을 본 동료가 말했다.

"지금 심기에는 너무 늦었어요. 옥수수는 원래 6월 초에는 심어야 해요."

맞는 말이다. 옥수수가 잘 자라나기 위해서는 그 시기에 심어 줘야 한다. 하지만 이미 그 시기는 지나갔고, 인터넷을 찾아보니 6월 말에 심어서 추석이 지나고 먹을 수 있는 경우도 있다고 했다.

“지금 심어서 추석이 지나고 거둘 수 있대요.”

그러자 다른 대답이 돌아온다.

“장마철에 심은 옥수수는 잘 안 자라요.”

이 역시 맞는 말이다. 비가 많이 오는 시기에는 모든 식물이 자라나기 참 까다로운 시기다. 하지만, 내가 ‘옥수수를 심어 보자!’고 결심한 건 바로 지금이었다. 시간을 되돌릴 수 없다. 그리고, 옥수수에 대해 찾아보니 6월 말에 모종을 심는 건 어려운 일이지, 결코 불가능은 아니었다.

안 된다는 말을 들으니 작은 오기가 마음속에서 자라났다. 어렵지만 불가능은 아닌 일. 더 늦고 싶지 않았다. 그리고 잘 돌봐 주고 가꾼다면 자랄 수 있는 것 아닌가. 평소보다 한 시간 이른 출근을 하며 옥수수 주변의 잡초를 제거하고, 옥수수 뿌리를 다독여주고, 물도 흠뻑 주었다. 주말이 지나고 온 텃밭에는 며칠 전까지만 해도 초록색이었던 옥수수 줄기가 빨갛게 변한 모습을 뽐내며 튼튼하게 자라고 있었다.

옥수수가 잘 자랄 수 있는 방법을 찾아보니, 옥수수 뿌리에서 한 뼘 정도 옆에 요소라는 비료를 주면 된단다. 잘 찾아보고 그 옆에 비료를 묻어 준다. 한 달 남짓 지난 지금, 옥수수는 잘 자라나고 있다. 하루가 다르게 자라는 옥수수를 보고 신기해하는 아이들을 보며, 옥수수를 심길 잘했다는 생각이 든다.

누군가 늦었다고, 안 된다고 말해도 너무 쉽게 포기하지 말자. 정말로 늦었는지, 정말로 안 되는 일인지는 내가 도전해 봐야 알 수 있는 일이다. 실패해서 실망하면 어쩌지라는 생각을 할 시간에 하고 싶었던 일을 해 보자. 안 되면 말고의 생각이 아니다. 설령 실패로 끝나더라도 해 봤던 기억이 해 보지 않았을 때의 후회를 막을 수 있는 밑거름이 될 것이다.

오늘도 옥수수는 잘 자라고 있다.

모든 건 직접 해 봐야 그 결과를 알 수 있다.

모든 건
내가 직접 해 봐야
알 수 있는 것!

✦ 에필로그 ✦

작가는 제가 오랜 시간 품어 왔던 꿈이었습니다. 꿈을 이루기 위해 많은 도전을 했지만, 쉽지는 않았습니다. 실망스러운 결과에 힘들고 지칠 때마다 제게 힘을 주었던 말들을 그림과 함께 담아 SNS에 올리기 시작했습니다.

글과 그림을 SNS에 올린 지 2년이 되었을 무렵, 출판사로부터 연락을 받았습니다.

작가라는 꿈을 간직하고 있었지만, 실제로 책을 완성하기 위한 글을 쓰고 그림을 그린다는 것은 쉽지 않았습니다.

'내가 정말 책을 완성할 수 있을까?', '잘할 수 있을까?'라는 의문이 종종 찾아오기도 했습니다.

지치고 힘들어 포기하고 싶었던 순간들이 올 때

마다 주변 사람들의 “할 수 있어!”, “잘하고 있어!”라는 응원의 말이 큰 힘이 되었습니다.

책을 완성하기까지 곁에서 응원해 준 소중한 분들께 진심을 담아 감사드립니다. 그리고 지난 2년 동안 저의 글과 그림을 사랑으로 지켜봐 주시고 공감해 주신 많은 분들께도 감사드립니다.

포기하고 싶을 때마다 제게 힘을 주었던 응원의 말들처럼, 이 책이 당신에게도 작지만 따뜻한 응원의 힘이 되어 줄 수 있다면 좋겠습니다.

오늘도 나만의 인생에서 중심을 잡기 위해 고군분투하고 있을 반짝반짝 빛나는 당신을 늘 응원하겠습니다. 감사합니다.

오늘도 중심을 잡는 중입니다

원도 인생도 중요한 건 중심이니까

초판 1쇄 발행 2021년 02월 10일
초판 4쇄 발행 2021년 04월 02일

지은이 박선영
펴낸이 김기용 김상현

편집 전수현 최은정 **디자인** 이현진
마케팅 조광환 김정아

펴낸곳 필름(Feelm) 출판사
등록번호 제2019-000086호 **등록일자** 2016년 6월 13일
주소 서울시 마포구 월드컵북로5가길 31, 2층 (서교동 447-9)
전화 070-8810-6304 **팩스** 070-7614-8226
이메일 office@feelmgroup.com

필름출판사 '우리의 이야기는 영화다'

우리는 작가의 문체와 색을 온전하게 담아낼 수 있는 방법을 고민하며 책을 펴내고 있습니다.
스쳐가는 일상을 기록하는 당신의 시선 그리고 시선 속 삶의 풍경을 책에 상영하고 싶습니다.

홈페이지 feelmgroup.com **인스타그램** instagram.com/feelmbook

ISBN 979-11-88469-68-0 (03810)